王子様と臆病なドルチェ

きたざわ尋子

幻冬舎ルチル文庫

CONTENTS ✦目次✦

王子様と臆病なドルチェ

✦カバーデザイン＝久保宏夏（omochi design）
✦ブックデザイン＝まるか工房

イラスト・亀井高秀✦

王子様と臆病なドルチェ

電車の窓に映る自分の顔を見て、蒔野蒼唯《まきのあおい》はそこからすっと視線を外した。嫌なタイミングで高架下に入ってしまったらしい。この路線は新幹線の下をくぐる箇所があるために、まだ外は明るいというのに窓ガラスが一瞬だけ鏡になってしまった。

映ったのは相変わらず甘さの目立つ自分の顔だった。母親によく似た、人からは褒《ほ》められることが多いこの顔が蒼唯はあまり好きではなかった。

だってこれは、母の愚かさの証《あかし》だ。それに自分の顔を見るたびに、母の弱さも否応《いやおう》なしに思い出してしまう。

視線を落としてじっとしているうちに、電車は静かに停車した。蒼唯を含めて全員が降り、代わりにもっと少ない乗客が乗り込んでいく。終点であり、始発なのだ。

梅雨明けの発表があったばかりだというのに、また雨が降り出していた。とはいえ予報通りだ。午後から急な雨が降ることは、いくつもの媒体で言っていた。

改札を抜ける頃には、ざあざあと音がするほどの降りになった。

蒸し暑さが増してしまった。折りたたみ傘をバッグから出しながら、蒼唯はそっと溜《た》め息をつく。

暑いことは暑いが、都心などよりはずっとマシなことも知っている。昼間はそれなりに気温が上がるものの、夜にはまずまず過ごしやすくなるのだ。東京から特急を使わずに電車を乗り継ぎ——そもそも直通の特急など走っていないが——一時間ほどの場所ながら、地形の問題なのか猛暑や酷暑といった言葉とは無縁な町だ。もちろん避暑地と呼ばれる土地ほどではないが。

傘を広げようとして、ふと視線がある場所へと引きつけられた。

そう、まるで吸い寄せられるようにして目が向かい、そして留まった。

「……え」

駅前広場の広域地図の前、駅からタクシー乗り場まで続く屋根の下に、一人の男性が立っていた。

バス停へ向かおうとしていた蒼唯の足もぴたりと止まってしまった。

鈍色《にびいろ》の景色のなか、そこだけが明るいように見えた。決して明るい金髪のせいだけではなく、まるでスポットライトでも当たっているかのようにそこだけが切り取られているのだ。

外国人だ。どこからどう見てもそうだった。長身で、すらりとしているが細いだけではなく、骨格がしっかりとしているのが服の上からでもわかった。手足が長くて姿勢がよくて、ただ立っているだけなのに高級ブランドの広告でも見ているような気がしてくる。

駅前だから人の姿はそれなりにあるが、彼に気付いていない人も多いようだった。ここ数年で外国人観光客が珍しくなくなったせいだろう。もちろん彼の顔を見ていないからであり、目にしたら釘付《くぎづ》けになるに違いない。

まじまじと見つめていたら、視線に気付いたかのように外国人青年がこちらを向いた。

目が合った瞬間、蒼唯は逃げるように顔を背ける。

（ヤバイ、見すぎた……！）

いくらなんでも不躾《ぶしつけ》に見つめすぎてしまった。いや、あの容姿ならば見られることに慣れているだろうし、視線さえ逸《そ》らせば大丈夫だろう。そう思いながら、もたもたと傘を広げようとした。

上手《うま》く広がらない。勢い余って裏返しになってしまい、慌てて一本ずつ骨を戻していく。手元に集中するあまり、人が近づいてきていたことにまったく気付けなかった。

「尋ねたいことがあるんですが、よろしいですか？」

「は、はいっ？」

とっさに顔を上げ、蒼唯は固まった。

明るめの金髪に、夏の空を切り取ったような青い瞳が目の前にあった。先ほどの外国人青年だった。

（……眩《まぶ》しい……）

とてもじゃないが直視できない。あまりにもキラキラしていて、現実離れしすぎていて、いますぐ走って逃げたくなってしまう。

日本人だって慣れない相手には緊張するくらいなのに、外国人の、それもこれだけきらびやかな容姿の相手にどうしろと言うのだろうか。

どうしよう、英語がわからない。ヒアリングはそこそこ可能だが、いざしゃべるとなると記憶のなかから英単語が出てこなくなってしまう。いつだってそうだ。後になって「あのときこう言えばよかった」と反省ばかりする。

なんとか口を開こうとして、はたと気付いた。

「に、日本語……？」

「しゃべれるから大丈夫ですよ」

金髪碧眼《へきがん》の外国人の口から流ちょうな日本語が出てくることに、蒼唯は違和感しか抱けなかった。吹き替えの映画でも観ているような気分になる。さすがに発音はネイティブとはいかないが、そこらの外国人タレントよりはずっと自然だった。

「じょ……上手《じょうず》ですね」

「祖母が日本人なのでね」

「なるほど」

ではクォーターなのかと思いながら目の前の人をまじまじと見つめるが、どこにも東洋的なところは見つけられなかった。顔立ちも髪や目の色も体格も、纏《まと》う雰囲気も西洋のものしか感じられない。

「霧里《きりさと》へ行くバスは、二番乗り場からでいいのかな？」

「は？　あ、ああ……霧里。そうです、そうです」

思いがけない地名に驚いてしまった。いや、別におかしな話ではない。この駅から観光客がどこかへ行くというならば、話に出た霧里かその先にある城跡くらいしかないのだ。ただしどちらもメジャーとは言いがたい。

「ありがとう」

「あ、あの……観光、ですか？」

青年の手には小ぶりな旅行バッグがある。夏場ならば二泊くらいは余裕でできそうなサイズだ。

見たところ二十代なかばだろう。物腰《ものごし》が上品で、服装はラフだが安物ではない。バックパッカーやキャリーバッグを転がす外国人はしばしば見かけるが、彼らと一線を画しているのは間違いなかった。

青年はにこりと笑った。

「祖母が霧里の出身なんです。日本を離れたのはもう五十年以上前なんだけどね」

五十年以上前に外国へ行った一家と言えば、霧里町では有名だ。まだ十九歳になったばかりの蒼唯でもすぐにわかった。

「もしかして本条《ほんじょう》さんの……？」

思わず呟《つぶや》いた途端、青年は目を輝かせた。

「そう、そうです……！　知ってるんだね。祖母は美津子《みつこ》……本条美津子と言います。ああ、もちろん旧姓だけどね」

「本条家は地元の人ならわりと知ってると思います。うちはお隣さんだったんで、祖母からも話は聞いてたし」

初対面の外国人を相手に個人情報を明かしているという自覚はなかった。

田舎《いなか》とは言いがたいが都会でもない霧里町は、古くから住み続けている者が多い場所だ。治安もよく、町民は比較的のんびりしている。警戒心が薄いのも仕方ないのだ。

「隣……というと、旅館の？」

「知ってるんですか？」

「祖母から聞いてるから。ああ、バスが来ましたね。あれがそう？」

「あ、はい。そうです」

小さな駅前ロータリーに入ってきたバスは数人の乗客を乗せている。ここは始発ではなく途中のバス停だから停車時間はそう長くはない。

「行こう」

背中に手を添えられて、蒼唯はバス停へ歩き出した。あまりにも自然なしぐさだったせいで、歩き出してから背中の手に気がついたほどだった。

布越しの手はひんやりとしていた。彼のイメージ通りだった。

雨は小降りになっていて、短い距離ならば傘を差す必要もない程度だ。一応案内する身として蒼唯は少しだけ先を歩いた。

乗客は数人だった。いつも通りだ。学生や高齢者の足として路線は生き残っているものの、本数はきわめて少ないし、そのほとんどが朝と夕方に集中している。

なんとなく一番後ろの席に座ると、迷うことなく青年は隣に腰を下ろした。

「霧里まではどのくらい？」

「二十分くらいです」

混むことはまずないので、今日も時間通りだろう。つまり二十分は、見知らぬ外国人と一緒にいることになるのだ。

不思議と嫌な気はしなかった。人見知りが激しい蒼唯にしては、とても珍しいことだ。

「そうだ、自己紹介がまだだったね。僕はレイフォード・グラントといいます。お名前を伺《うかが》っても？」

敬語も使えるのかと思いながら、蒼唯は頷《うなず》いた。

「蒔野蒼唯、です。あの、敬語じゃなくていいですよ」

「ではお言葉に甘えて。アオイ……名前の漢字を教えてもらっていい？　これでも日本語の本が読める程度には漢字も知ってるんだよ。あまりにも難しいのは無理だけどね」

「えっと……」

蒼唯はバッグからノートとペンを出し、少し大きめに名前を書いた。スマートフォンより

もそのほうが早いからだ。

「なるほど、蒼唯。素敵な名前だね」

「あ、ありがとうございます」

「蒼唯は学生？　歳《とし》は？」

「十九歳で、学生です。あ、でも大学じゃなくて専門学校です。調理専門学校で、製菓コース……お菓子作るコースに通ってます。今日も実習があって」

説明すると、レイフォードは納得した様子で大きく頷いた。

「だから、少し甘い香りがするんだね。将来はパティシエかな」

「うーん、たぶん実家の……あ、旅館の調理場に入ると思います。高校も調理科だったから、もう調理師免許は持ってるんです」

「そうなのか。すごいね」

「別にすごくはないんですけど……」

「家業を継ぐということだろう？　歴史のある旅館だと聞いているよ」

「まぁ、一応古いです。十二室の、小さい宿ですけどね」

実家の旅館・蒔乃屋《まきのや》は、創業百五十年の宿だ。建物自体は大正時代のもので、それなりの趣はあるだろうし、鉱泉とはいえ天然の温泉もある。だがかつての規模よりずいぶんと縮小してしまったことも事実だった。大女将《おおおかみ》である祖母と、高齢の板前に仲居が二人、これが従業員のすべてだ。予約客の人数によっては応援を呼ぶこともあるが、最近ではそういうことも少なくなった。

霧里町はかつて宿場町だったが、いわゆる五街道沿いにあったわけでもないので、知名度としては著しく低い。近くに有名な観光名所も施設もなく、町としては寂れていると言うほかなかった。唯一あるのはゴルフ場だが、そこも近く廃業することが決まっている。

蒔乃屋はゴルフ場に隣接しているのだ。泊まり客のほとんどがゴルフ客という現状は危機的なものであると言わざるを得ない。祖母の言葉を借りるならば「お先は真っ暗」というやつだった。

「昔はもっと旅館があったんですけど、どんどん廃業しちゃって、もううちしか残ってないんです」

いまや霧里宿には宿泊施設が一つ、飲食店が二店――地元客相手の喫茶店とスナック――しかない状態だ。町全体を見れば飲食店や小売店はあるものの、これではかつての宿場町が泣くと祖母は溜め息をついていた。

「そうか……実は宿場町は初めてなんだ。写真で馬籠《まごめ》とか大内《おおうち》とかを見たことはあるんだけどね」

「あーでも、そういう有名なとこみたいに保存できてないんです。空き家とか空き地も多いし、かなり前にいろんなとこが建て直しちゃってるから、一部は昭和感あふれてるっていうか……」

　宿場町を思わせる古い建築は減ってきており、高度成長期に建て直したものが点在している状態だ。風情ある旧宿場町に中途半端に古い建築が混じっているせいで、ちぐはぐな印象が拭《ぬぐ》えない。

「古い街並みが残ってると聞いて楽しみにしていたんだけど……」

「あー、部分的には残ってますよ。それなりに雰囲気はあるっていうか。マイナーだけど観光客も少しは来るし……泊まってくれないのが残念だけど」

「ああ、東京から近いからね」

「そうなんです。簡単に日帰りできちゃうから……」

　東京から特急を使うことなく、一時間ほどで最寄り駅——先ほど蒼唯たちがいた駅——に到着してしまうのだ。そこからバスを使うとはいえ、旅行というよりもちょっとした遠出の範囲だ。ゴルフ客以外の泊まり客がいないのも仕方なかった。

　そのゴルフ場がクローズしてしまうのが蒔乃屋にとっては大問題なのだが。

　我知らず溜め息が出そうになるところをなんとか押しとどめる。せっかくの来訪客を相手に辛気くさいところを見せたくはなかった。

「乗り換えも簡単で、いいところだと思うけどね」

「売りになるものがないんです。城跡はあるけど、石垣がちょっと残ってるだけだし、そもそも有名な城でもないし。あー、桜が咲けば綺麗《きれい》かな。でも桜の数が多くないから、地元の人が花見に行く程度で……」

「なるほど」

「ゴルフ場がなくなることは知ってます？」

「ああ」

「ほかの会社がゴルフ場の経営引き継ぐとかしてくれたら嬉《うれ》しいんですけど、そういう話は聞いてませんか？」

「残念ながらね」

レイフォードは緩く首を振った。

なぜ彼にこんなことを聞いたのかというと、ゴルフ場の土地が本条家のものだからだ。ゴルフ場運営会社に何十年も貸しているのだ。

蒼唯ががっくりと肩を落としているうちに、降りるべきバス停が近づいてきた。ボタンを押して間もなく、バスは路肩に停車した。

降りたのは蒼唯とレイだけだった。残った三名ほどの乗客を乗せ、バスは遠ざかっていった。

片側一車線で、歩道がラインで区切られているだけの道路はあまり交通量が多くない。もっと走りやすい道が少し離れたところに並行して走っているからだ。

レイフォードは物珍しげに周囲を見まわしている。ここが祖母の生まれた町かと感慨にふけっているようだった。

「えっと、ゴルフ場はあっちです。手前に蒔乃屋があるので、もしよかったら寄ってみてください。うちの祖母ならもっと詳しい話を聞けると思います。グラントさんに会ったら喜ぶんじゃないかな」

「レイフォードだよ」

「えっ？」

「名前。ファミリーネームより、ファーストネームで呼んでくれないか。長くて面倒なら、レイでいいよ」

「あ……はい。じゃあ、レイさん……で」

名前を――ニックネームを口にするとき少し照れてしまった。身内以外にファーストネームで呼ぶ知り合いなどいなかったからだ。学校の友達はいつも名字呼びだったのだ。

目が合っていることに気付いて、蒼唯はさっと視線を逸らした。

吸い込まれてしまいそうだと思った。見つめられることに恐れのようなものを抱く理由はきっと一つじゃない。

レイフォードは困ったように笑みを浮かべた。

「僕が怖い？　それとも蒼唯がとてもシャイということなのかな？」

「すみません……」

「謝る必要はないよ。いまのは質問だ。疑問に思ったから、聞いた。それだけだよ」

諭すように言われ、蒼唯はますます恐縮する。それでも気持ちを奮い立たせ、俯《うつむ》かせていた顔を上げた。

「レイさんが怖いんじゃなくて、その……もともと人の目を見て話すのが苦手なんです。こんなんじゃダメだって、わかってるんだけど……」

さらに外国人だということで拍車がかかっている。言葉の問題ではなく、蒼唯という人間の根幹に関わる問題で、見目のいい外国人男性に対して身がまえてしまうのだ。

「慣れれば平気？」

「……多分」

「じゃあ、慣れるのを待とうかな。ところで蒔乃屋は予約なしでも泊めてもらえる？」

「は……はい、もちろん！」

最初から蒔乃屋に泊まるつもりだったのか、あるいは駅近くのビジネスホテルにでも飛び込むつもりだったのか、レイフォードの荷物は明らかに日帰りのそれではなかった。

肩を並べて歩くこと二百メートルほどで、蒔乃屋の前に到着した。

「ゴルフ場も見ます？」

「チェックインしてから行ってみるよ。散歩にちょうどよさそうだ」

「じゃあ、どうぞこちらへ」

玄関先でスリッパを用意し、靴を預かる。ずいぶんと大きなスニーカーだ。身長を考えれば当然かもしれない。

（うわ、なんか高そう……）

白いレザーを使ったスニーカーは見るからに高級そうで、自然と扱いも慎重になった。ブランドに詳しくない蒼唯には馴染《なじ》みのないものだが、ロゴからして海外のメーカーのようだった。

裕福な人間であることは間違いないだろう。滲《にじ》み出る雰囲気が、そう思わせる。好きなものに意味なく金をかけているタイプには見えなかった。品が良く、立ち居振る舞いが洗練されていて、教養と社会的な立場の高さを感じさせた。

考えてみれば、彼の祖母は本条家の人間なのだ。どこかいい家に嫁《とつ》いだとすれば、レイフォードの家がそれなりの家だと考えるのが自然だろう。

蒼唯は祖母を呼び、事情を説明してチェックインを任せた。そうして部屋を整えるために二階の客室へと走った。

今日は予約が三組――十名で入っている。いずれも常連客で、明日はゴルフ場でコンペがあるという。ようは内輪の大会だ。先週末は八組が泊まったし、今度の週末も七組の予約が入っている。クローズ前のかけこみ需要だと祖母は苦笑していた。

蒼唯が選んだのは空いているなかで一番日当たりのいい部屋だ。広さは八畳だが庭に面していて、その庭の先にはゴルフ場のクラブハウスが見えるのだ。このクラブハウスはかつて本条家の母屋《おもや》だったものを使っているが、改装は最低限なものであり、大正時代の洋館をほぼそのまま残してある。

一時間ほどかけて準備を整えた頃、レイフォードは祖母に連れられて部屋にやってきた。

「散歩してきたんですか？」

「ああ。それと、お祖母《ばあ》さまに昔の話を聞いていたんだ。楽しかったよ」

「よかったです。あ、えーと館内のご案内はこちらにもありますけど、説明しますね。非常口は……」

蒼唯はいくつかの説明をし、浴衣《ゆかた》のサイズを確認した。滅多に使うことがない一番大きなものを用意したのだが、丈と袖《そで》が足りないような気がした。

「問題ないよ」

「すみません。あ、いまお茶淹《い》れますね。えっと日本茶で大丈夫ですか？　一応、紅茶とコーヒーも準備しましたけど」

「せっかくだから日本茶をもらうよ」

「はい」

蒼唯は用意した席にレイフォードを促し、温度に留意しながら渋みが出ないように緑茶を淹れた。

「うん、美味《おい》しい」

「ありがとうございます」

「ここからよく見えるんだね。あの家……いまはクラブハウスになっているんだって？」

「はい。なかに入りました？」

「いや、外から見ただけ。ほとんど写真で見た通りだったよ」

レイフォードは祖母から写真を見せてもらったことがあるという。この霧里のことも、よく聞いていたようだ。

彼があの古い洋館に佇《たたず》む様子を想像してみる。きっと恐ろしいほどによく馴染むことだろう。どこの王侯貴族《おうこうきぞく》かと思うほどの違和感のなさだった。

そう、レイフォードは実に貴公子然とした青年だ。イケメンなどという言葉を当てはめたら申し訳ないほどの美しさも相まって、どこか現実味が薄いのだけれども。

(茜音《あかね》が見たらテンション上がるんだろうなぁ……王子さまだ！　って……)

離れて暮らす妹のことを唐突に思い出し、思わずくすりと笑みをこぼしてしまった。

「うん？　なにか、おかしなことを言ってしまったかな？」

「あっ、いえ違います……！　いや、あの……妹がレイさんに会ったら大騒ぎするかも、って思って」

「妹がいるのか。羨ましいな。僕は男ばかりの五人兄弟でね」

意外と多いなというのが正直な感想だった。

「レイさんは何番目なんですか？」

「ちょうど真んなか」

「うわぁ、なんか賑《にぎ》やかそう」

レイフォードの兄弟ともなれば美形揃《ぞろ》いなのではないだろうか。集まったら壮観だろうなと想像していると、当の本人はなんでもないことのように言った。

「それがそうでもないんだよ。兄弟たちとは別々に育ったからね」

「えっ……」

「ああ、複雑な事情じゃないんだ。むしろ簡単な話でね。父は二度離婚していて、僕は二番目の妻の子だ。最初の妻とのあいだに息子《むすこ》が二人、三番目の妻とのあいだに二人いる。それで、離婚後はそれぞれ母親の元で育ったというわけさ」

言った本人は特段気にしていなさそうで、まるで他人《ひと》ごとのような態度だったが、蒼唯は困惑していた。

どう返すのが正解なのかわからない。かといって無反応というわけにはいかないので、ぎこちなく頷くだけに止《とど》めた。

「年に一度は家族で集まる機会はあったけどね」

「それって、レイさんのお母さんとかは……」

「参加するよ。元妻二人と現在の妻が顔を合わせる……っていうと、殺伐とした雰囲気を想像するかもしれないけど、実際はそうでもない。そのあたりは全員割り切ってるみたいだね。かといって仲良しってわけでもないんだけど」

蒼唯は想像してみた。壮年の美丈夫が一人に、華やかな美女が三人、レイフォードレベルの男性が五人。総勢九人が一堂に会する図式はとんでもなくきらびやかなことだろう。眩しそうだった。

「なんだか不思議……」

「ちなみに息子たちの姓は全員グラントだ。そこは父の希望でね。まぁ、父や兄弟たちとの関係もそう悪くないよ」

「そうなんですか」

「息子たちは平等に扱われているからね」

いろいろな家族の形があるということだろう。確かに複雑ではないのかもしれない。むしろ蒼唯の家族のほうが、感情面も含めてかなり複雑と言える。

「ところで妹は何歳？」

「二歳下で、いま高校二年。あっ、でも別々に暮らしてるので会うのは無理です。あの、うちもちょっと、いろいろあって……両親別居中で、妹は父親についていってて」

旅館の一人娘である母と結婚する際に、父親は婿養子《むこようし》に入ったのだ。いまは都内で妹と暮らしている。父親と暮らすことは妹の希望だった。

レイフォードは深く尋ねることなく、小さく頷いた。

「そうか……ちなみに、お母さんがここの直系ということ？」

「はい」

「もしかして、お父さんは外国人か海外にルーツがある？」

「あー……ええと、そうです」

やはりわかってしまったらしい。また少し蒼唯は目を泳がせた。

一目でそれとわかるような顔立ちや色を持っているわけではないが、やはり日本人離れした要素はあるらしい。たまに指摘されることだった。よく見ると顔がそれっぽい、という程度らしいが。

説明をしたくないなと目を泳がせていると、レイフォードはにっこりと笑みを浮かべ、手を伸ばしてきた。

「僕は黒髪が好きなんだ。さらさらで、とても綺麗だ」

撫《な》でるようにして触れる長い指に、ひどく落ち着かない気持ちにさせられた。距離感の取り方が蒼唯とあまりに違っていて、どうしたらいいのかわからなかった。

手を払うわけにもいかないし、さっと逃げるのは失礼になる気がする。まして言葉で伝えるのはハードルが高すぎる。

「僕にも日本人の血が入っているはずなのに、身体的特徴にはほとんど出なかったからね。少し憧れる」

　確かにレイフォードの容姿は完璧に西洋人のそれだ。東洋的な要素は見当たらない。

　ちなみに国籍はアメリカだそうだ。母はイギリス人で、離婚後は故郷に戻って実家暮らしをしていたことから、レイフォードも子供の頃はイギリスで育ったのだという。

「に……日本が好き、なんですか……？」

「好きだよ。間違いなく祖母の影響だな。出来ればこのまま日本を拠点に、仕事をしていけたらと思ってる。海外の仕事も含めてね」

「あ、あの……仕事、って……」

「いまはお休み中。九月から日本法人……ええと、日本で設立した会社に移ることになってるんだ。いままでは本社にいて、こっちの企業と提携という形で動いてたんだけどね」

　説明を聞きながら、ふんふんと頷く。

「じゃあしばらくは、日本にいる感じですか？」

「そうだね。で、いまは有給休暇を消化しているところ。夏期休暇とあわせたら、一ヵ月以上の休みになってしまって」

　どうやら現在の会社にはもう行く必要がないらしい。

「お勤めは東京ですか?」

「会社があるのはそうだね。ところで、ゴルフ場の跡地についてなんだけど、蒼唯はどうなってくれたら嬉しい?」

「え?」

唐突な話題に面食らいながらも、レイフォードの視線がクラブハウスに向かっているのを見て納得した。彼なりに祖母の生家がどうなるのか興味があるのだろう。

「祖母はね、町の活性化に繋《つな》がる話であれば承諾すると言ってくれたんだ」

「そうなんですね……うーん、ただのショッピングモールとかアウトレットみたいなものは、ちょっと違うかなって思います。それだとその施設だけしか盛り上がらないような気がするんですよね」

「なるほど」

「入場料を取るテーマパークみたいなのも、町がただの通過地点になっちゃいそうだし」

蒼唯の脳裏には、いくつかのテーマパークや商業施設が浮かんでいた。自分が行ったことのある場所ばかりだが、いずれも周囲の町には立ち寄らなかったのだ。

「僕もそう思うよ。せっかくの宿場町がもったいない。確かに外観が不揃いな部分もあったけど、そこは手を入れて揃えればいいことだしね。外装だけでも統一感を持たせられれば、十分に風情のある街並みになるはずだ」

「ですよね。店は少なくなっちゃったけど、空き家になっちゃったところはテナントに入ってもらうとか、やりようはあると思うんです」

ただし予算がないのだ。過去に何度か町でもそんな提案が出たようだが、そのたびに頓挫しているという。

「確かゴルフ場のお風呂《ふろ》も、うちと同じ鉱泉を湧かしてるんですよ。あれってスーパー銭湯みたいなのに出来ないのかなぁ」

「それはスパのような感じの施設？」

「同じなのかな……ええと、浴衣とか作務衣《さむえ》とか着て、食事とかゲーム的なものも出来るような感じのあれです。せっかく自然豊かだから、それ生かしたアクティビティーとかも出来そうですよね。池も大きいみたいだから、釣りとかも。あ、小さい川も流れてるって聞いたことが……」

「そうらしいね。キャンプもできそうかな」

「ありだと思います。オートキャンプとかでもいいけど、グランピングとかもよさそう。町に近いほうが店とかいろいろあっていいと思うけど」

手ぶらで来てキャンプというのも、最近は喜ばれるらしい。広い敷地の奥のほうならば、静けさも格段でより自然を楽しめそうだ。

「なるほどね。敷地は広いから、いろいろとやりようはあるかな。そうだ、たとえば新しい施設にテナントを入れる建物を作るとしたら、宿場町と繋がりを持たせたほうがいいと思うかい？」

「どこから施設かわからないみたいな感じで？」

「そう」

「いいなぁ、それ。あ、でも日本家屋だけじゃなくて、洋風の……本条さんのお屋敷みたいな建物もあったほうがいいかも」

思いつくまま話してから、ふと違和感を覚えた。仮の話にしては、妙に熱心ではないだろうかと。

そんな疑問が顔に出たのか、レイフォードは「ああ」と表情を和《やわ》らげた。

「ごめんね。この手の話は、ついリサーチ気分になってしまうんだよね。仕事がそういう方面だから」

「ああ、そうなんですね」

納得だ。蒼唯だってレストランやカフェ、あるいはパティスリーなどは気になるし、人の嗜好《しこう》が気になってしまう。それと同じようなものだろう。いままでどんな施設に関わったのか興味はあったが、それ以上掘り下げることはしない。客のプライバシーに踏み込むなど言語道断だ。

「そう言えば、さっきお祖母さまに聞いたんだけど、ここにも洋館があるんだってね」

「あ、はい。昔はお客さんを泊めたりしてたみたいです。いまは俺が一人で使ってて、妹が来たときに泊まるくらいですけど……」

旅館として使用している建物のほかに、敷地内には二つ建物がある。蒔野家の人間が暮らしている離れと、レイフォードが言った洋館だ。こちらは母屋より新しく、戦後に建てられたものらしい。ただし隣の本条邸を意識したのか、建築様式としてはとてもよく似ている。もちろん規模は小さいが。

その洋館は残念ながら近いうちに手放すことが決まっていた。蒔乃屋が抱える事情により、建物とその周辺、そして駐車場の半分は人手に渡ることになってしまったのだ。さすがにそれを初めての客に言うつもりはなかった。

「本条さんの家もホテルにも使えそうですよね。ああいう古い洋館に泊まってみたい人も、いると思うんですよ。それが無理でも、食事したりお茶を飲んだりするの、受けそうな気がするんだけどなぁ。コスプレイヤーとかが喜んで来そう」

「蒔乃屋はそうしないの？」

「洋館にお客さんを泊めるってことですか？　あー、何年か前にちょっとそういう話も出たらしいんですけど、食事の提供がどうしても母屋で和食……みたいになっちゃうから、ミスマッチじゃないかって話になってやめたんです」

「洋食メニューは無理なのか」

「うちの板前……シェフって創作和食とかも好きじゃない人だから、折り合いがつかなくて。このへん、おしゃれなレストランとかもないし」

「君が作るわけにはいかないの？」

レイフォードにとってはごく自然な質問だったようだが、蒼唯は苦い顔をするしかなかった。そのあたりも板前への遠慮があって難しいのだ。もっとはっきり言ってしまうと、顔色を窺《うかが》ってしまうために言い出すことも出来ないいままだった。

「えっと、将来的にそうなれば……とは思ってます。でも、お客さんに出せるレベルになれるか、まだ自信ないし」

「ふぅん。じゃあ今度来たときに食べさせて」

「えっ」

「君の料理を食べてみたい」

「で、でもまだお客さんに振る舞えるレベルじゃ……」

実習は何年もやってきたし、学校が運営する店舗での実践的な調理経験もある。だが一人で家族以外に料理を作るとなれば話は別だ。

「客じゃないよ。明日は午後から用事があるから帰るけど、近いうちに連泊させてもらおうと思ってるんだ。でもこのあたりは食事をする店がないだろ。ランチが取れなくて困る知り合いを助けてくれないか？」

ぐいぐいと押してくるレイフォードに、蒼唯は目を泳がせた。困惑しながらも、金を取らないならばいいかという気がしてくる。実習の延長だ。クラスメイトに試食してもらうのと変わらないと言えなくもない。

そしてレイフォードの申し出は、蒼唯にはさほど抵抗がないことだった。親切にされるより、こうして頼みごとをされたほうが、ずっと気が楽だ。明確な目的や要求があるならば、近寄られても抵抗感がない。

これはむしろありがたい話だ。経験は積んでいったほうがいい。

「期待はしないでくださいね。あと、好き嫌いとかアレルギーとかあれば教えてください」

「好き嫌いもアレルギーもないよ。食べる量も、まぁ平均……かな。日本人の平均値よりは多いかもしれないけど、大食というわけでもないから」

「わかりました。あの、甘いものは大丈夫ですか？　えっと、よかったらそっちも食べて欲しいです……！」

気がついたら、そんなことを口走っていた。ストレートに「食べてみたい」なんて言われ、柄にもなくテンションが上がってしまったのだ。

レイフォードは破顔して、大きく頷いた。

「甘すぎるのは苦手だし大量には食べられないけど、好きだよ。ああ、お礼は……そうだな、なにかお土産《みやげ》を持って来るよ」

「そ、そんなのいいです……！　また来てくれるっていうだけで、ほんとに十分なんでっ」

両手を大きく胸の前で振り、蒼唯は同じタイミングで首も横に振った。少しくらくらしてしまったのは、ものすごく興奮していたせいかもしれない。たとえ彼をよく知る者から見たら、普段より幾分声が大きくて早口になっているという程度であっても。

レイフォードから宿泊の予約が入ったのは、彼が一度帰った二日後のことだった。

到着予定は四日後で、今度は一ヵ月近い長逗留《ながとうりゅう》だ。つまり八月のほとんどを霧里で過ごすということになる。

到着予定は午後四時。予定通りならば、蒼唯が学校から帰る頃にはもうチェックインしているということだ。

そわそわしながら、蒼唯は夏休み前最後の授業を終えた。最終日の今日も午前中は実習があったが、午後は講義のみだった。残念ながら、ほとんど身は入らなかったが。

「蒔野さぁ、なんか朝から落ち着かねーよな」

「そうだった？」

曖昧に答えながら、テキストやノートをバッグにしまう。

話しかけてくる彼らは同じ製菓コースの学生だ。うち一人は高校のときの同級生で、当時からいろいろな面で目立っていた男だった。勉強がしたくないからという理由で調理科を選んだのに、普通に授業や試験があると嘆いていた――当たり前だ――せいもあるし、調理をさせてみると抜群のセンスを発揮したせいでもある。専門学校においてもそれは健在で、衛生学などのレポートや試験はからっきしだが、実習ではトップの成績を収めている。名を井《い》藤《とう》といい、見た目は完全な体育会系。繊細なケーキを作り出すとはとても思えない男なのだ。

ちなみに蒼唯は実技もペーパーも一応上位グループにいる。

「そりゃ明日から夏休みだし、当然だよね？」

「あー、うん」

もう一人は大学を辞めてパティシエになるため入学したという二つ年上の青年で、喜多村《きたむら》という。パティスリーでアルバイトをしているうちに感化され、自分もパティシエになりたいと思ったそうだ。健康食品会社を営んでいる実家が裕福らしく、なにかと羽振りがいい。こちらは見るからに軟派で言動もまさにそうなのだが、作り出す菓子の評価はいまひとつだ。とにかく雑、と講師が溜め息をついたのを覚えている。丁寧さや繊細さをどこかに置いてきてしまう出来なのだ。

今年の製菓コース一年は、実に様々な背景を持つ学生が揃っている。たとえば、いまも蒼唯たちを遠巻きに見ている女子の集団もそうだ。地元の建設会社の創始者を祖父に持つ娘に、代々市議会議員を輩出している家の娘、そして老舗割烹《しにせかっぽう》料理店の娘。

彼女たちとは必要なこと以外でしゃべったことがない。実習で同じ班になったときや、必要な伝言があったときなどは話すが、雑談はまったくしたことがないし、挨拶も互いに目が合えば最低限するのみだ。

最初は嫌われているのかもしれないと思ったが、友人に言わせるとそういうふうでもないらしい。陰口は聞いたことがないというし、確かに視線には攻撃的なところも嫌悪もないように見えるのだ。無視されているわけでもない。

最初は戸惑ったが、入学して四ヵ月もたつと慣れてしまった。女の子はよくわからないものとして、蒼唯は納得していた。

「なんか急いでる？」

「ちょっとね」

明日のために食材を買って行かねばならないし、なるべく早く家に——というよりも蒔乃屋に戻りたい。自分がいなくとも宿泊客であるレイフォードにはなんの支障もないのだと承知しているが、それでも帰りたいと思ったのだ。

「だったら送って行くよ」

「え？」

「今日も車だからさ」

「禁止されてるのに……」

「まぁまぁ」

学校が自動車とオートバイの通学を禁止しているにもかかわらず、喜多村はわりと頻繁に車で通ってくる。自分の車ではないので同居の家族が使わない日に限るのだが、五分ほど離れたパーキングに停めているらしい。学校側の耳にも入っているようだが、敷地内の駐車場を使っているわけでも路上駐車をしているわけでもないのでお目こぼしをしている状態なのだった。そういう者は一学年に一人はいるようだ。オートバイ——原付バイクを含む——になるとその数はもっと増える。

「寄るところがあるから、いいです」

「じゃあ、そこまで送るよ。ね、夕立も来そうだしさ」

「傘持ってるから大丈夫です」

きっぱり断って教室を出たのに、喜多村は横についてくる。井藤はその後ろをのんびり歩いてきた。授業が終わったのだから帰るのは当然なのだが。

教室にある二階から一階へ下り、ロビーを抜けて外へ出た。確かに西のほうの空は暗くなっていた。雨が降りそうだった。

「ほら、やっぱり降るよ」

「だったら俺も送ってもらうかなー」

のんびりとした井藤の声が後ろから聞こえたが、喜多村はまるで聞こえなかったかのように蒼唯に話しかけてくる。

自然と溜め息が出そうになった。

喜多村はけっして悪い人間ではない。軽いし不真面目《ふまじめ》だが、彼が他人を悪く言うのを聞いたことはないし、人当たりもいいほうだ。

でも蒼唯は苦手なのだ。よくわからない親切さが怖いからだ。

なにか裏があるのではないか、目的があるのではないかと、どうしても勘ぐってしまう。

さすがにそれを井藤に相談するのも憚《はばか》られ、この数ヵ月を過ごしてきた。

「蒼唯」

かけられた声に、はっと息を呑《の》んだ。

振り向いた先には、きらきらと光を振りまく男がいた。路肩に停めた車の窓から顔を出し、にっこりと笑っている。

国産のＳＵＶはレンタカーではなく、ナンバーは品川《しながわ》だった。彼の車はドイツのセダンかスポーツカーというイメージだったから意外に思った。

「レイさん……」

なぜここにいるのかと、当然の疑問が浮かぶ。確かに学校名や場所は雑談のなかで教えたが、そんなことは理由にならないだろう。

「おいで」

周囲はとても静かで、レイフォードの声は大きくもないのによく聞こえた。まるでこの場における支配者だ。

途端に周囲の目が気になった。

「で、でも」

「行き先は一緒なんだから。ね？」

「えっと……あの、それじゃ、お願いします」

ここで断るほどの度胸はなかった。理由は不明だが、レイフォードがわざわざ学校まで来てくれたのは確かなのだ。東京の彼の住まいから霧里までのルートに、この学校が含まれているはずがない。

蒼唯はクラスメイトたちを振り返った。

「ごめん、迎えが来たから行くね。また休み明けに」

「お、おう」

当然現れた外国人――しかもとびきりの美形の存在に、井藤も喜多村もすっかり飲まれてしまっている。前後して出てきた学生たちも同様だし、件《くだん》の女子三人組もぽかんとした表情でこちらを見ていた。

これは後日説明を求められるなと思った。

蒼唯は少し考えて助手席のドアを開けた。

シートにはなにも載っておらず、後部シートにレイフォードのバッグや薄手のジャケットのようなものがあった。どうやら正解だったようだ。

窓越しに手を振っているうちに、みるみる学校前を離れてしまう。隣のレイフォードに視線を戻し、そこでようやくまだ挨拶もしていなかったことに気がついた。

「あ、いまさらですけど、こんにちは」

「急にごめんね」

「いえ」

「予定より少し遅れてしまって、ちょうど学校が終わる時間だったから、こっちまで足を伸ばしてみたんだ。五分遅れてたら、ピックアップできないところだったよ」

そういえば最終日の学校が何時に終わるのか、といったことも先日問われるままに話していた。それを元に来たようだった。

「びっくりしました」

「そうは見えなかったけどね」

「してたんです」

喜怒哀楽がわかりにくいと昔から言われてきた。自分ではそんなことはないと思っているが、確かに激しく怒ったことはないし楽しくてはしゃいだこともあまりない。だから傍《はた》から見ればそうなのだろう。それでも腹を立てることはあるし、嬉しくて気持ちが弾むことだってある。

これで顔立ちがもっとキリッとしていればクールだとでも言われたかもしれないが、残念ながら蒼唯が言われるのは、なぜかシャイだねという言葉ばかりだった。暗いと言われないだけマシかもしれない。

「どこか寄るところはある？」

「あ……あの、スーパーに寄ろうと思ってたんです。えっと、十分くらい待っててもらってもいいですか？」

無理なら先に帰ってもらおうとしていたら、なぜだと言わんばかりの不思議そうな顔をされた。

「一緒に行くよ。僕も買いたいものがあるからね」

納得した。今日からしばらく彼は蒔乃屋に滞在するのだ。朝と夜の食事は出るが、昼は蒼唯に頼んだくらいに食べる場所がないし、コンビニも一番近い店で一キロ以上はある。多少の買い込みをしたいと思っても不思議ではなかった。

「霧里にもスーパーはあるんですよ。でも、あんまり品揃えがよくないんですよね」

「ああ、個人経営の店らしいね」

「あ、はい。基本的なものはあるんですけど」

道案内をしながら話しているうちに、目的のスーパーマーケットに到着した。関東を中心に展開をしている店で、この界隈《かいわい》では最も品揃えがいいし、新製品が並ぶのも早い。ドラッグストアも隣接していて、いつでも賑わっていた。

連れ立って店に入ると、思ったとおり相当目を引いた。平均身長をいくらか下まわる蒼唯では、見上げなくてはいけないほどレイフォードは高身長なのだ。おまけにスクリーンかポスターから飛び出してきたような美形だ。

当の本人は慣れているのか気にしていないのか、楽しそうにカートを押している。

最初は蒼唯が押していたのだが、自然に奪われてしまったのだ。奪うというのも変な話だが、ごくごく自然に、そしてスマートにカートを押す役目を攫《さら》っていったのは、いっそ見事だった。籠は一つだ。レイフォードのランチのための買いものならば自分が出すべきと押し切られたからだった。自分のものも買うと言ったら、後で精算しようと言われてしまった。

完全に押し負けていた。

「普段、スーパーとか行くんですか？」

「滅多に来ないな。こっちに来てからは、外食とデリバリーばかりだから」

以前から頻繁に来日していたそうだが、春先からずっとこちらにいるというから、もう三ヵ月以上もそんな食生活ということだった。

「健康的なメニューにしたほうがいいのかな……」

思わず出た独り言に、レイフォードは食いついてきた。

「旅館の食事はかなり健康的だと思うよ。朝も夜もバランスがいい」

「そっか」

予定通りのメニューで行くことに決めて、蒼唯は食材を籠に入れていく。いつでも車を出してくれるというので、あまり買い込まないことにした。

注目を浴びながら会計をすませ、霧里町へと向かう。ナビの目的地は蒔乃屋になっていて、もう道案内の必要はなかった。

危なげない運転で蒔乃屋まで来ると、レイフォードは敷地内の駐車場に車を停めた。前回同様に先導する形でレイフォードをフロントまで連れて行くと、迎えた祖母が「まぁまぁ」と相好《そうごう》を崩した。

「グラントさま、ようこそお越しくださいました」

「またお世話になります」

「祖母ちゃん、途中でレイさんに会って送ってもらったんだ」

「目的地は同じですからね」

「まぁ、それはご親切に……ありがとうございました」

このあたりは車内で打ち合わせをしてある。レイフォードが提案したのだ。確かに客であるレイフォードがわざわざ迎えに来たなんて知ったら、祖母は感謝よりも謝罪に走るだろうし、蒼唯は裏で懇々と説教されるに違いない。そしてレイフォードへの接し方を注意し、今後のことに目を光らせるはずだ。

蒼唯にとってはそういう事態だった。そこまでしか考えていなかった。

もし第三者が知れば、予告もなしに学校前で待ち伏せしていたことに疑問を抱くはずだ。一度宿泊しただけの客の行動としては、いささか不自然だと思うだろう。祖母の静恵《しずえ》もひとしきり恐縮した後で、はたとそれに気付いたに違いない。

レイフォードへの好意で目が曇っている蒼唯は、彼のことを祖母に任せて離れへ向かった。

渡り廊下などはないので、裏庭を突っ切らねばならなかった。

こぢんまりとした洋館は、一階に独立したリビングとダイニングルームとキッチン、そして小さなサンルームがあり、二階には部屋が三つあった。かつてはダイニングルームで三組の客がそれぞれのテーブルで食事をしていたことがあるだけに、広さは一般家庭のそれではない。大きな観音扉を開け放って、同じく広々としたリビングと繋げれば、先日レイフォードも話したようにもう何組かの客を受け入れることも可能だ。ましてリビングは大きな掃き出し窓を開ければバルコニーにも続いている。

けれど今年中に人手に渡ってしまうここでは、もう叶《かな》うこともない話だ。秋からは蒼唯も祖母たちが住む離れに移らなければならない。

蒼唯は溜め息を飲み込んで、冷蔵庫やパントリーに食材を収めていく。そうして自室にバッグを置くと、旅館へ引き返した。

そうして建物に入る前に一度立ち止まり、両手で軽く頬《ほお》を叩《たた》いてなるべく明るい表情を作った。

レイフォードはすでに部屋へと案内されていて、祖母には別の用事を申しつけられた。庭の手入れだ。庭には何種類か花が咲いているのだが、部分的に枯れてきているそれが見苦しいから摘《つ》めというのだ。特に白い花は茶色に変色しているからと。

いまにも夕立が来そうな空の下、蒼唯は黙々と色を失った花を摘み、手にしたビニール袋に入れていく。以前は定期的に入れていた庭師も、最近ではめっきり招く機会が減ってしまっていた。

中庭の作業を終え、空模様を見てから裏庭に移った。降り出すまでは言われたことをしようと思っている。

裏庭にまわると、蒔野家の住まいが見えた。古い日本家屋の平屋で、いまは祖母の静恵と母の唯子《ゆいこ》が住んでいる。空き部屋は二つあるから、そのうちの一つが秋から蒼唯の居住スペースになるのだろう。

母と一つ屋根の下で暮らす。それを考えると、溜め息も深くなってしまった。

「庭を見て来ますね」

「お足元に気をつけてくださいね」

にこやかな女将——静恵に見送られ、レイフォードは蒔乃屋の中庭へ出た。履きものは旅館の下駄《げた》だ。ひんやりとした木の感触が裸足《はだし》に心地いい。歩くとカランと軽やかな音がするのも楽しい気分にさせてくれた。長い距離を歩くのは遠慮したいが、庭を散策する程度ならば問題ないだろう。

庭へ通じる戸をくぐり、軒下で大きく伸びをする。なかなかいい休暇だ。これほどのんびりとした気分に浸るのは、子供の頃に祖父母の家で過ごして以来だった。

「静恵さん、回覧板」

近所の人らしい女性の声がした。おそらく女将の静恵と同年代くらいだろう。

「あら、ありがとう」

「それとね、うちの息子から唯子ちゃんに同窓会の案内を預かってきたんだけど……無理かしらねぇ……？」

立ち止まったまま話を聞くのも悪いかと、レイフォードはそっとその場を離れた。注意して歩けばさほど音も立たなかったが、長時間は無理そうだ。少し離れたところで、普通に歩き始める。

庭はよく手入れがされているようだった。祖父母の家の庭とはまったく趣が異なるが、これはこれでいいものだ。夏の花を見ながら歩いていると、低木の向こうに小さな頭が見え、自然と笑みがこぼれた。

足音を忍ばせて近づくことも考えたが、下駄のせいでそれは無理そうだ。ならば鈴のように自分の存在を彼に知らせよう。

飛び石に響くカランという音に、蒼唯が振り返った。枯れた花を取っていたようだ。

レイフォードを認めた途端、蒼唯の表情がふんわりと緩んだ。花が咲くような、けれども至極控えめな笑顔だった。

その笑顔通り、蒼唯はとても控えめな少年だ。十九歳と言えばレイフォードにとっては青年というべき歳なのだが、目の前の彼はどうにも少年という印象が拭えない。とはいえ中身は年相応にしっかりしているし、落ち着いてもいる。ようするに童顔なのだ。蒼唯に限ったことではなく、日本人には珍しくないことだが。

「歩きにくくないですか？」

一瞬だけ足下に目を落とし、そう尋ねてきた。

最初はひたすらおどおどしていて、まっすぐ目を見ることにも相当な気合いが必要だったようだが、ようやく自然に目を合わせてくれるようになった。慣れてきたのだろう。

「歩く分には平気だよ。走れと言われたら困るけど」

笑顔でそう答えると、蒼唯は同意するように頷いた。

「お散歩ですか」

「このあいだは、まったく庭に出なかったからね。あ、いまさらだけど、このあたりは客が立ち入っていい場所なんだろうか」

「大丈夫ですよ」

蒼唯はそう言ったが、彼の向こうには平屋建ての日本家屋が見えている。宿泊棟ではなく、家人の住まいだということは一目でわかった。縁側から続く庭に洗濯物が干してあるからだ。

旅館の建物からは見えないよう工夫されているが、裏庭までまわってしまうと丸見えだ。家族的なもてなしが売りで、ほぼ常連しか来ないような宿だから問題はないのだろう。だからこそ自分がここにいていいのか疑問を抱いてしまった。

「でも、そこは君の家族が住んでいる家なんだろう？」

「そうなんですけど、特にダメってことはないです。見るものもないから、お客さんがわざわざ来ることもないってだけで」

庭続きとはいえ、低いながらも生け垣があって仕切りの役目も果たしているから、その先に入ろうという人はいない。表札がついているからなおさらだった。これまで問題が起きたこともないという。

「だったらいいけど……うん？」

視界の隅に動きを感じて目を向けると、縁側に面したガラス戸が開き、人がふらりと出てくるところだった。

小柄な、顔色の悪い女性だ。白いワンピースから覗《のぞ》く手足は折れそうに細く、黒髪は腰まで達するほど長い。

一目で蒼唯と血縁であることがわかる顔立ちをしている。ならば母親だろうと推測するものの、にわかには信じられなかった。

なにしろ若いのだ。十九歳の子を持つ母親ならば、どう計算しても三十歳をとうに過ぎているはずなのに、とてもそうは見えない。どこか少女めいていて、あどけなさすら感じられる。さすがに十代には見えないが、二十代なかばくらいには見えるし、子持ちにはけっして思えなかった。ようするに年齢不詳だった。

「あ……」

気付いた蒼唯が、困惑を表情に乗せるのがわかった。どうしようと、目が泳いでいる。その反応がなかったら、レイフォードは昼間から幽霊でも見ているのかと思ったかもしれない。

青白い顔、ゆらりとした重さを感じさせない動き、どこか茫洋《ぼうよう》とした表情――。かげろうのように儚《はかな》い、現実感の乏しい人だった。

どうしたものかと考えているうちに、向こうがこちらに顔を向けた。そしてそのまま硬直した。

まるで恐ろしい怪物と対峙《たいじ》したかのように、みるみる彼女は青ざめていく。ただでさえ顔色が悪かったのに、さらに血の気をなくしていった。

とりあえず挨拶をしようと口を開きかけたとき、彼女は逃げるようにして家のなかに引っ込んでしまった。いや、正しく逃げたのだろう。

ぴしゃりという、ガラス戸を閉める音が大きく響いた。

唖然《あぜん》とした。恐怖のあまり逃げられるというのはさすがに初めての経験だった。

「あ、あのっ、すみません！　母が失礼を……」

やはり母親だったようだ。あらためて見ると、人形のように甘く整った顔立ちはとてもよく似ている。

ただし印象はまったく違った。蒼唯は多少おどおどしたところはあるが健康的だし、苦手ながらも必死にコミュニケーションを取ろうとする人間だ。小動物っぽいところが可愛《かわい》らしいのだ。

ぺこぺこと頭を下げる様子は可愛いが、同時に可哀想《かわいそう》でもあった。少なくとも彼が謝ることではない。

ぽんぽんと頭に触れて、顔を上げさせる。蒼唯はおずおずと視線を上げた。

「僕こそ謝らないと。かなり驚かせてしまったみたいだね」

「そんな……」

「やはりここに来るべきじゃなかったな。君からお母さんに謝っておいてくれる？」

本当は直接会って挨拶と謝罪をしたいところなのだが、あの様子ではかえって迷惑だろう。どこか具合が悪いことも考えられる。

「レイさんのせいじゃないです。母は……」

言いかけて、蒼唯は家の方向を気にした。聞こえるかもしれないと思ったようだ。

確かにここは静か過ぎて小さな物音すら響く。小声ならば家のなかにまで届きはしないだろうが、この場で立ち話を続ける理由もなかった。

「あの、そろそろお食事の時間ですから、どうぞ」

蒼唯に促され、その場を離れた。

食事時間は事前に十九時と告げてあり、蒼唯もそれを知っている。だとすれば、母親が聞き耳を立てている可能性を考えたのだろう。

中庭を抜け、そのまま洋館へ案内された。あいだに旅館の建物があるため、離れからは直接見えないし、宿の客室からも木立が目隠しになって全容は見えないのだ。

洋館は擬洋風という、古い日本独自の建築様式だ。興味があったので、日本の代表的な建物や建築様式は一応頭に入っている。静恵に聞いた話だと、本条家の母屋を建てた大工と同じだとかで、さながらミニチュア版のような印象だ。

「あ、洋館なんですけど土足じゃないので……どうぞ」

客用のスリッパを出され、リビングに案内された。

室内は改装されてはいるが、レトロな雰囲気を色濃く残してあった。たとえば窓などは新しいが、加工によって違和感がないようになっている。家具も時代がかっているものの古びているわけではなかった。

居間のソファは布張りだ。アンティークな柄が、部屋の雰囲気によくあっていた。

蒼唯は急いでコーヒーを淹れ、昨日作ったというクッキーと一緒にレイフォードの前に置いた。チーズを使い、甘さを抑えて焼いたそれは、見た目も美しく売りもののようだ。

「いい雰囲気だね。外観もそうだけど、なかも素敵だ」

「ありがとうございます」

「うん、クッキーもコーヒーも美味《うま》いよ。明日のランチが楽しみだな」

「あんまり期待しないでください……あの、学生の料理なので」

あくまで学生レベルだと蒼唯は主張する。真偽のほどは明日の昼になればわかるだろう。

ふっと息をつき、蒼唯はあらたまった様子で切り出した。

「さっきはすみませんでした」

「いや、こちらこそ。庭先に、いきなりこんな男が現れたら驚いても仕方ないよ」

そうは言ったものの、あの様子が尋常でないことは明らかだった。人見知りにしても度が過ぎているし、そもそも彼女から健康的なものを感じなかった。

先ほど近所の女性が口にした「ユイコ」というのが母親の名前だろう。そう思い、名前を聞いた事情を話して尋ねると肯定が返ってきた。唯子と書くそうだ。

「その……母は、もう何年もあの家から出ないんです。せいぜい縁側から少し下りるだけで、それだってものすごく気分がいいときだけで……」

本来ならば若女将という立場だし、以前は旅館で働いていたというが、いまではなにをするでなく一日じゅうぼんやりとしているそうだ。

通院はしていない。何度も勧めたが、そのたびに「病気じゃないのにひどい」と言って泣き喚《わめ》くので、祖母も諦めてしまったようだ。刺激しなければおとなしく家に籠もっているだけで、食事もするし言動も普通だからだ。

「あの、母はレイさんにあんな反応したわけじゃなくて……その、レイさんを見て、ある人のことを思い出しちゃったんだと思うんです」

「それは……君のお父さん？」

「はい」

「ＤＶというわけではないよね？」

もしそうならば、妹が父親についていったとは考えにくい。絶対ではないだろうが、通常はそうだろう。

「暴力とかモラハラとか、そういうんじゃないです。それと……ええと、僕と妹は父親が違うので。妹の父親は日本人です」

「ああ、なるほど。再婚したのか」

「いや、それが……あ、こんなこと聞かされても迷惑ですよね。すみません」

蒼唯は急に我に返り、恥じ入るように目を伏せた。

話したくないという気配を強く感じたならこのまま引くつもりだったが、そうではなかった。だからレイフォードは身を乗り出し、蒼唯の手に自分のそれを重ねた。

「そんなことはないよ。君こそ嫌じゃなかったら話してくれないか。もちろん口外はしないと約束するよ」

蒼唯は視線は逸らしたが、手はびくりと震えただけで振り払うことはなかった。

迷うように目が泳いでいる。彼のなかでの葛藤がわかるだけに、レイフォードはそのまま待つことにした。ただしまっすぐ見つめることはやめなかった。

やがて蒼唯は嘆息し、視線をレイフォードに戻す。ただし少しだけ俯き加減だった。

「聞いてもらえますか？　多分俺が言わなくても、そのうち耳に入ることだと思うし」

一ヵ月近くも蒔乃屋に滞在していれば、そのうち嫌でも耳に入ることだろうと蒼唯は言う。確かにレイフォードは町を散策するつもりでいるし、数少ない商店にも顔を出してまわるだろう。おしゃべりな住民は必ずいるものだ。

「その……母は高校生のときに、カナダから来たっていう留学生と付き合ってて、それが俺の父親らしいんです」

「らしい、ということは、会ったことはない？」

「ないです。そいつ……ジョージっていう男だったそうですけど、留学期間が終わって帰国して、音信不通になったんですよ。それっきりです。母には、絶対戻って来るから……みたいなこと言ってたみたいですけど」

蒼唯からは実の父親への思慕は感じられなかった。むしろ隠しきれない嫌悪が滲み出ている気がしたが、それは触れるべきではないと気付かぬ振りをした。

「ひどいな……こっちから連絡は？」

「何回もしたって聞いてます。けど、電話が繋がったのは最初だけで、そのうち出なくなって番号も変えたらしくて。詳しい住所は聞いてなかったみたいです」

「ここに泊まったことはなかったんだ？」

もしそうならば、パスポートの提示があっただろうと尋ねてみる。すると蒼唯は緩くかぶりを振った。

「学校の寮から通ってきてたそうです」

「なるほど」

ジョージなる男の正体は不明だが、つまり唯子は弄《もてあそ》ばれて捨てられた形になったわけだ。

そこでふと疑問が生じた。

「その……お母さんの年齢を知らないんだけど、当時は未成年……だろ？」

「高校生でした。いま三十八歳なので」

それくらいの歳なのだろうと予想していたが、実際に数字として突きつけられると衝撃的だった。あの見た目でその歳は驚愕《きょうがく》に値する。

童顔は遺伝なのかと納得もした。

「君の存在を、ジョージは知っているの？」

「知らないはずです」

ジョージが帰国した後で、唯子は妊娠に気付いたという。それどころか親にも妊娠のことは黙っていて、見た目でわかるようになって初めて白状したのだとか。

「ジョージが戻って来てくれたときに、勝手に堕ろしたなんて知られたら嫌われるって、母は本気で思ってたみたいで……」

どう考えても弄ばれただけなのに、と蒼唯は自嘲した。

その部分についてレイフォードは否定の言葉を持たなかった。なにか事情があったんだよ、なんて根拠もない慰めなど言えるはずもない。だが唯子はしばらくそうだと信じていたようだ。いや、信じたかっただけかもしれない。

「ちなみに二人はどこで知り合ったの？」

「ジョージが観光に来て、母に声をかけたそうです。二回目以降は、都内で会ってたみたいですね」

ちなみに名前については、ジョージがカードを使うところを見たから嘘《うそ》ではない……と母は言っているらしい。他人のカードを堂々と使っていたとしたら話は別だが。

「しかしジョージか……よくある名前だね。僕の親類にも二人いるよ。英語圏ではトップクラスに多い名前だからね」

イギリス王室にもいるし、シェイクスピアの作品にはジョージという名前の登場人物が何人も出てくる。実にありふれた名前なのだ。

「ですよね。しかも名字もよくある名前で……ネットで検索してみたんですけど、全然無理でした」

「ちなみに名字は？」

「ウィリアムズです」

「……それは、確かによくある名前だね」

一瞬脳裏に叔父《おじ》の顔が浮かんだが、口には出さなかった。

ジョージ・ウィリアムズ。まさに母の弟の名がそうだ。だが同姓同名は世界中に大勢いるし、叔父はイギリス人であってカナダ人ではない。たとえ現在はカナダに住んでいても、二十年ほど前はイギリス国内の大学に通っていて、外国へ留学したことはなかったはずだ。

女性関係は派手だったと聞いている。若い頃は女性受けしそうな都会的なハンサムで、ファッションにもいろいろと気を使っていたそうだが、レイフォードの母や祖父母からの評価は低かった。見た目ではなく、主に行動でだ。子供の頃から享楽的で責任感というものに欠け、自立心や向上心も足りていなかったらしい。母親曰《いわ》く「ろくでなし」だったというが、数年前に会った叔父は少なくともそうではなかった。

仕事は情熱をもって取り組んでいるようだし、見た目も大きく変わっていた。恰幅《かっぷく》がよくなり、髪も髭《ひげ》も伸びて、まるで熊のようだったのだ。

確かそのときに、若いときの大失恋と結婚相手のおかげで変わったと笑っていた。遠距離恋愛の相手に心変わりで振られ、抜け殻のようになっているときに現在の妻と出会って人生観が変わったという。

黙り込んで考えていたレイフォードに、蒼唯は気遣わしげな視線を向けた。

「どうかしましたか？」

「ああ……いや、僕の叔父にもジョージ・ウィリアムズという人がいるなと思って、いろいろと思い出してしまった」

「そうなんですか……えっと、おじさんっていうと……？」

「母の弟だよ。ただしイギリス人で、留学経験もないけどね」

とはいえ、国籍や留学生という身分は本人の申告によるものだ。唯子がパスポートや学生証を見たわけでもなかったはずだ。

引っかかりはする。それは蒼唯も同じだろう。いくらありふれた名前だとはいえ、この霧里を訪れる外国人はそう多くないはずだった。まして二十年前ならばなおさらだ。

「写真はないの？」

「あったんですけど、かなり不鮮明だったみたいです。とっくに捨てちゃったみたいだし」

「どんな感じとか、聞いてないか？」

「俺は直接聞いたことないんです。全部、祖母とか妹経由で……その、母は俺にジョージの話をするのを嫌がるから」

「ああ……」

容易に想像出来ることだった。彼女はいまだにジョージとの過去を乗り越えてはいないのだろう。それどころか向き合うことすら避けているのかもしれない。

「あの、レイさんと叔父さんは似てるんですか？」

「いや、あまり似たところはないかな」

「ずっとイギリスに？」

「いまはカナダかな……十年はたっていると思うけど。現地で結婚して、パートナーの生まれ故郷に移って暮らしてるんだ。何年か前に会ったときは熊みたいになってたな。若い頃は、ヘアスタイルもファッションも、気を使いすぎるくらいに気を使ってたんだけど」

当時人気のあったロックバンドに影響されたファッションで、常に数人のガールフレンドがいる状態だったらしい。母親が眉《まゆ》をひそめていたことを覚えている。

「レイさんはどんなにワイルドになっても、熊にはならなそうですよね」

「のびのび暮らしてるって話を聞くと、少し羨ましいけどね」

笑いながら紅茶を飲んで、レイフォードは遠い目をした。

叔父のジョージは都会の生活、あるいは競争社会には向かない男だったのだろう。だから現在の生き方があっていて、そこでようやく自分らしさを得たのかもしれない。

レイフォードには無理だろう。たとえ一時身を寄せるのは心地よくても、そこに浸りきることはできそうもない。

ただ自分を迎えてくれる場所は欲しい。望む場所とは土地ではなく、人だ。

「えっと、カナダの大自然とはいきませんけど、のんびりした霧里の雰囲気を楽しんでくださいね」

「そうさせてもらうよ」

自然と笑みがこぼれた。

蒼唯の笑顔に癒やされていることは否定出来ない。そうでなければ一ヵ月近くも蒔乃屋に逗留しようとは思わなかっただろう。

「ああ、でも少し足を伸ばして、いろいろなところにも行きたいな。時間があるなら付き合ってくれないか。忙しい？」

「い、いえ夏休みだし、バイトもそんなに入れてないから大丈夫です」

「じゃあ約束だ。アウレットとかテーマパークとか、ちょっと足を伸ばせばいろいろあるそうだね」

レイフォードは蒼唯と小指を絡める。途端に息を呑むところを見ると、手を握ったままにしておいたことを意識の外に置いていたようだ。動揺して目が忙《せわ》しなく泳ぐのが可愛らしい。

他人との接触に慣れていないのか、あるいは相手がレイフォードだからなのか。

出来れば後者であって欲しかった。

指切りを終え、レイフォードは微笑《ほほえ》んだ。

「祖母がね、約束するときはこうしていたんだ。日本人はそうするんだろう?」

「あ、あのっ……指切りは子供がする場合が多いです。大人同士《おとな》は、あんまりしません。特に仕事とか、そういう場面では絶対!」

「ああ、そう言えばそうだね」

失念していたという態度で頷く。

蒼唯は疑いもしていないようだ。日本で仕事をするレイフォードがビジネスシーンで失態を犯さないようにと、必死になって教えてくれている。

「大丈夫。さすがに仕事相手にはしないよ」

「そ、そうですよね。余計なこと言ってすみません……」

「謝らなくていいから。ああ、そろそろ部屋に戻ったほうがいいかな」

「あ、すみません慌ただしくて。それに、変なこと聞かせちゃって……お客さまなのに、こんな……」

唇にすっと指を押し当て、最後までは言わせない。触れた唇《くちびる》の柔らかさにくらりとしたが、いまは意識の外へと追い出した。

どうしても言っておきたいことがあった。

「謝らなくていいから。癖なのかもしれないけど、直したほうがいいと思うよ。それに、ここに来た時点で僕は客じゃなくて、君の友人のつもりだったから」

「え……」

蒼唯は大きな目を見開いた。

「厚かましかったかな？」

「い、いえっ」

かぶりを振った拍子に指が外れ、そのままレイフォードは笑って手を下げた。

誤魔化しようがないほど蒼唯は顔を赤くしていた。触れられたことに対してなのか、友人という言葉に対してなのか、また忙しなく目を動かしている。

しばらくして落ち着くと、彼は思い出したようにレイフォードを旅館の建物へと促した。

今日は客が少ないのでヘルプの従業員は来ず、蒼唯も配膳などを手伝う必要があるそうだ。レイフォードの部屋を担当するという。

「それじゃ後で伺いますね」

蒼唯に見送られて部屋へと戻る。

広い部屋ではないが、落ち着いて清潔な部屋だ。気をつけないとあちこちに頭をぶつけそうになるのは困るが、これはそのうち慣れるだろう。ちなみにぶつけそうになっただけで実際にはぶつけていない。

窓越しに見える庭の先に、ゴルフ場の——いや本条家の敷地が見える。

思っていたよりもずっといい立地だ。レイフォードは目を細め、しばらく窓越しの景色を楽しんだ。

約束の時間は十二時だ。蒼唯は完成間近のプレートを前に、よしと大きく頷いた。

お盆のようなサイズの木の皿には、サラダとほうれん草のキッシュ、ミニグラタンとパプリカのピクルスが並んでいる。後は空いた場所に、メインのハンバーグとカップに入れたミネストローネ、ライスを盛って完成だ。

大人向けの「お子様ランチ」といったところだろうか。初日だからと少し張り切ってしまった。明日からは、もう少しシンプルなものになると宣言しておこう。

レイフォードとは今朝も顔を合わせている。部屋に朝食を運んだのも蒼唯だったから、その際にランチの時間を決めておいたのだ。

時間ちょうどに、庭を横切ってくるレイフォードの姿が見えた。鍵は開けておくと言っておいたので、ノックの後でドアを開けて入ってきた。

「奥の席にどうぞ」

蒼唯はキッチンから顔を出し、セッティングした席へと促した。

「とてもいい匂いがするね」

「お食事中のお飲みものなんですけど、コーヒーと麦茶と水、どれがいいですか？　コーヒー以外は冷たいです。あ、水はガス入りです」

「せっかくだから麦茶を飲んでみたいな」

「はい」

グラスに氷と冷たい麦茶を注ぎ、プレートを完成させて運ぶ。客ではなく、あくまで友人とのランチだからということで、蒼唯も向かい合って同じものを食べることになっている。

置かれた皿を見て、レイフォードは顔をほころばせた。

「美しいね」

「ありがとうございます」

「女性が好きそうだけど、ボリュームもあるね」

「レイさんのは多くしました」

見た目も大事だから、盛りつけも工夫した。旅館の調理場から、いくつか小皿を借りてワンプレートを完成させたのだ。

「こんなに種類を作るのは大変だっただろ？　そんなに頑張らなくてもいいんだよ」

「初日だから気合い入っちゃって……明日からはシンプルになると思います」

「問題ないよ。これも楽しいけどね」

どうやらレイフォードは目でも食事を楽しむタイプのようだ。

一つ一つ感想をとても自然に言いながら、彼は美味そうに蒼唯の料理を平らげていく。早食いをしているわけでもないのに、みるみる減っていくのが不思議ですらあった。食べ方すら品がよく、実は彼がどこかの王侯貴族だと言われても蒼唯は驚かないだろう。

おかわりも用意していたが、それは必要なかったようだ。食後にはレアチーズケーキとコーヒーを出した。

「レモンの酸味も感じるね」

「はい」

「爽やかでいい」

「ありがとうございます」

こんなに料理を褒められたことはなく、むず痒《がゆ》いような、けれども誇らしいような気分になった。レイフォードは人を乗せるのが上手いようだ。

コーヒーの後は、少しだけと言ってまた麦茶をリクエストされた。気に入ったらしい。彼の祖母から、話だけ聞いていた飲みものだったという。

「日本に来て、ペットボトルの麦茶を飲んでみたんだけどね。これが期待していたものとは違っていて」

「ああ……」

「祖母に話したら、家庭で煮出したものは美味しいはずだと言われたんだ。確かに香ばしくていいね」

薬缶《やかん》で煮出した甲斐《かい》があったというものだ。蒼唯の口元が自然とほころんだ。

ランチそのものの時間よりデザートの時間のほうが長くかかり、気がつけば二時をとっくにまわっていた。

レイフォードは時計を見てから外を——主に空を見て、視線を蒼唯に戻した。

「いまから散歩に付き合ってくれないか」

「散歩……ですか？」

「そう。祖母に話をつけてもらって、ゴルフ場の運営会社に許可を取ったんだ。三時には全員ホールアウトするから、どうぞと言われてる」

「え、いいんですか？」

散歩というよりも見学なのだろうが、蒼唯としては願ったり叶ったりの話だった。

「一人で行くのも味気ないからね」

「わ、なんかちょっと嬉しいです。実は前に、クラブハウスの掃除のバイトに入ったことはあったんですけど、そこだけだったから」

蒼唯はゴルフをしないし、ギャラリーとして見に行ったこともない。子供の頃になにかの大会があったことは記憶しているが、賑やかだなと思ったくらいでまったく興味がなかったのだ。子供だから当然だが。

「楽しみです」

わくわくしながら自然とゴルフ場のほうを見ていると、ふと笑うような気配がした。視線を戻すと、レイフォードがテーブルに頬杖をつきながらにこにこと笑って蒼唯を見つめていた。

「ゴルフ場の散歩で、こんなに喜んでくれるとは思わなかった」

はしゃいでいた自分に気付かされて慌てて下を向いた。レイフォードの言葉に否定的な雰囲気はなかったが、ただ恥ずかしかった。

「よし、それじゃ片付けて、行こうか」

「は、はい。って、ああ座っててください……！」

食器を手に立ち上がるのを見て慌てて制したら、笑いながらかぶりを振られた。

「客じゃないんだから、これくらいはね」

「でも食材のお金は出してもらったし」

「それはそれ」

結局押されてしまい、二人で片付けをすることになってしまった。さすがに洗いものは蒼唯がしたが、レイフォードは隣で食器を拭《ふ》いてくれた。

そうして二人でキッチンに立って、あらためて気がついたことがある。レイフォードはなにかとボディタッチをしてくるのだ。今日に始まったことではないけれども、彼はごく自然にそれをやってのける。

いまだって、洗いものを終えた蒼唯が食器をしまおうとしたら、自然に肩に手を置かれて収納場所を尋ねてきた。

おそらく触れなくても質問は出来たはずだ。こういう場面が何度もあった。

蒼唯は昔からスキンシップ過剰な人間は苦手だった。妹や祖母が相手ならばいいけれども、他人の——まして同性に意味もなく触れられるのがとても嫌だったのだ。そのはずなのに、どうしてかレイフォードだと不快な気分にはならない。

あまりにもさらりとやってのけるからだろうか。

(さすが外国の人は違うなぁ)

ずれた感想を抱きつつ手を動かし、食事の片付けは間もなく終わった。

それから家を出て、隣の敷地へと向かう。クラブハウスに顔を出すと、レイフォードが名乗る前にゴルフ場の支配人が出てきた。挨拶をしてから、五時までの約束で敷地内を散策することになった。

二時間という時間制限のなかで、なるべく広く見学できるようにと、支配人はゴルフカートを貸してくれた。本来はゴルフ客がコースをまわるときに使用するものだ。フェアウェイやグリーンなどのコースには入らないように言われ、レイフォードの運転でカート道を進むことにした。

カートには屋根はあるがドアがなく、オモチャの車を大きくしたような感じだ。ハンドルを握るレイフォードの隣に座り、蒼唯はきょろきょろと周囲を見まわした。

「なんだかアトラクションみたい」

「後で運転してみる?」

「えーと……はい、ぜひ!」

自然と声が弾んでいた。こういった乗りものは遊園地のゴーカート以来で、わくわくしてきてしまう。

しばらく走ったところでカートを停め、そこから歩いて池や小川を眺めた。池はゴルフ場を設計するときもほぼ自然のまま生かしたようで、流れ込んでくる川には小さな橋も架かっていた。これは本条家が住んでいた頃にはなかったものらしい。

「赤い欄干は、変えたいな」

「ですね。木の橋っぽくしたほうが、雰囲気出そう」

「丸太の橋?」

「いやいや、普通の」

コンクリート製の橋の上から川を覗き込むと、魚が泳いでいるのが見えた。ここは鯉《こい》を放したりはしなかったようだ。

「なんの魚かな」

「多分ハヤ……ええと、確か正式にはウグイ……だったと思います」

「魚には詳しいの？」

「全然。実は釣りもしたことなくて。あーでも、旅館に釣り竿《ざお》ありますよ。お客さんに貸すために置いてあるんですけど」

ただしもう何年も貸し出したことはないから、埃《ほこり》を被《かぶ》っているかもしれなかった。

それからコース外も歩いて雑木林などを見てまわり、キャンプが出来そうだとか魚がいるだとか言いながら、町中よりも涼しい木々のあいだをのんびりと歩いたり、カートで移動したりした。

途中、少しだけ運転もさせてもらった。

二時間なんて、あっという間だった。

「今日はちょっと遠出しようか」

そう言われ、蒼唯はレイフォードの車に押し込められた。彼がこの町を再訪して七日目の、午前十一時頃だった。

前日に、明日のランチは用意しなくていいと言われていたし、予定も空けておいてと言われていたが、行き先は知らされていなかったのだ。

「どこ行くんですか？」

返ってきた答えは、隣の県にある新しいテーマパークへ行ってみよう、とのことだった。去年出来たばかりのそれは、特定のキャラクターを置いた遊園地のようなものではなく、元の自然を生かした体験型の施設で、それなりの人気があると聞いている。

事前に祖母の静恵には話を通してあり、釘を刺されつつも——お客さまだということを忘れずに弁《わきま》えろということらしい——すんなりと送り出された。

静恵はレイフォードのことがお気に入りだ。見た目のよさだとか礼儀正しさだとか、そういった本人の要素もあるだろうが、やはり憧れのお嬢《じょう》さまである本条美津子の孫というのが大きいのだろう。

「うちの祖母、レイさんのお祖母さんにものすごく憧れてたみたいですよ」

「そうなんだってね」

静恵曰く、本条家の美津子さんは美しくて気品があり、凛《りん》としていながらも優しい、女性の鏡のような人だったそうだ。

「もう崇拝ってレベルで話すんですよね」

「思い出は美化されるってことじゃないかな」

「ああ……思い出補正ですね」

なにしろ五十年以上前のことなのだ。少女時代の憧れとなれば、美しい思い出は磨きに磨かれているに違いない。

おかげでこうして出かけられるのだから、むしろありがたいのだけれども。

車内で互いの祖母について話しているうちに、車は山道に入っていた。もっといい道もあるのだが、かなり迂回《うかい》することになってしまうためか、カーナビがこの道を選んだのだ。

「うわ、狭っ」

道は車がギリギリすれ違えるくらいの幅しかなく、センターラインもない。ガードレールはときどき途切れるし、路肩は成長した枝が張りだしている部分もあるし、アスファルトも綺麗とは言えなかった。

おかげで車は低速走行を強いられた。

「これ、時間的には変わらないんじゃ……」

「そうかもしれない。でも楽しいよ」

レイフォードの車は町のなかよりも、こういったところでこそ性能を遺憾なく発揮するのかもしれない。納得し、蒼唯は少しばかりスリリングなドライブを楽しんだ。

この一週間、蒼唯はレイフォードと多くの時間を過ごしている。ランチだけでなく、午後の空いた時間をほぼ彼に付き合っているからだ。一昨日は午後からアウトレットに行き、ぶらぶらと店を見て歩いた。特に買うものはなかったらしく、レイフォードは飲みものを二人分買っただけだったが。

「あ、そろそろ下りきる感じですね」

曲がりくねった道がまっすぐになると同時に幅も広くなった。

山を下りたそこは寂しい場所だった。竹林となにかの工場らしきものがあり、それらのあいだに隠れるようにして三軒ほどのホテルがあった。一般的なホテルではなく、いわゆるラブホテルというものだった。

とっさに目を逸らし、ナビを見た。目的地までは残り三キロほどだった。

「もうすぐですね」

「思ったより早かったね」

走るにつれて建物が多くなり、車通りも増えてきた。民家に混じってぽつぽつとレストランやカフェ、小売店などが見られるようになる。

「パーク内のレストランも興味あるけど、きっと混んでいるだろうね」

「と思います」

平日だが、いまは夏休みだ。きっとファミリー客であふれていることだろう。

「じゃあ、良さそうな店があったら入ってみようか」

「調べてるうちに着いちゃいそう……」

「そこは店構えと店名を見て、直感で」

「わりとチャレンジャー」

ぽつりと言ってから、そう言えばこの人はそうだったと思い出す。そうでなければ学生の料理を日々のランチとして望んだりはしないだろう。

初日以来、昨日までランチを提供し続けた。朝と夜は和食だから、昼はそこから外れるものにした。サラダとスープに、中華や洋風の丼《どんぶり》もの、あるいはパスタといった感じだ。今度はエスニックもいいなと考えていると、ある建物が目に入った。

「あ、左側のあれ、レストランかも。カフェかな?」

前方にはログハウス調の建物があった。看板らしきものも見え、飲食店という雰囲気が漂っている。

レイフォードは迷うことなく、その店の駐車場に入った。運よく一台分だけスペースが空いていたのだ。

「うん。なかなか、よさそうだよ」

「あ、ここ聞いたことある。同級生が話してたことがあって……美味しかったって」

店名を見て、思い出した。まだ高校生のときだが、近隣の店でいいところはないかと話していたら、ここが挙がったことがあったはずだ。実際に名前を見るまで忘れていたが、おそらく間違いはない。話していた同級生は父親がレストランを経営しており、味はもちろんのこと、サービスや清掃状態もよくないと褒めないタイプだったから、ここは期待してもいいだろう。

「楽しみになってきた」

味覚は経験も大事だと教えられたが、学生の身ではなかなか経験は積めずにいたのだ。祖母は外食を好まないので、継父と妹が出て行ってからはさらに縁遠くなっていた。

「目が輝いてる」

ふっと笑い、レイフォードは店に入っていった。

駐車場が満車に近かったから空席があるだろうかと心配したが、店内は広くて少しだけ余裕があった。徒歩で来る近所の人も多いのだろう。テラス席でいいかと問われ、蒼唯たちは目で確認し合ったあと頷いた。

レイフォードは店内にいた人の目を見事に攫っていた。外国人など珍しくもないはずだが、やはり映像や写真の世界でしか見たことがないような美形が登場すれば話は違うようだ。一部の客は色めき立ち、顔を寄せ合って話している。少し聞こえてきた声によれば、モデルかなにかじゃないかと推測しているようだ。

（目立つ要素しかない……）

一緒にいれば、いつもこんな光景が広がるのだ。

顔立ち、身長、姿勢のよさ、ノーブルな雰囲気――。どこを取っても埋没なんて出来るはずもない。

一緒にいるみすぼらしいのはなんだとか、横にいるのが滑稽だとか、傍からはそう思われているかもしれない。最初は他人からどう見られるのかを気にしていたが、レイフォードが眩しすぎて、きっと自分なんて目に入らないと思ったら楽になった。

そう、おまけだ。あるいは現地ガイドだ。実際には同行しているだけでなにも案内はしていないが、傍から見ればそんな感じだろう。間違っても友人同士には見えないはずだ。なにしろ釣り合っていない。

テラス席は日陰で風がよく通り、エアコンなどなくても快適だった。テーブルは三つあり、ほかには一組しか客がいない。いかにも近所の老夫婦という感じで、こちらには興味を示していなかった。

「涼しくていいね」

「ですね」

人目があるところでレイフォードと一緒にいるときは、なるべく小声で話すように心がけている。それは、小声ならば日本語でしゃべっていることに気付かれにくいからだ。外国語で話していると誤解すれば、話しかけてくる人間はぐっと減る。そうでなくても近づきがたいオーラを放っているレイフォードなので、熱心に見つめられることは多くとも声はほとんどかけられないのだ。

レイフォードは蒼唯の背に触れながら椅子《いす》を引いた。

彼のこういうところは少し驚いてしまう。いくら外国の人だからといって、同性の友人にこういうことをするのは珍しいのではないだろうか。疑問には思うものの聞く勇気はない。アウトレットに行ったときも当たり前のように飲みものを買ってきたし、エレベーターや店の出入りも必ず蒼唯を先にした。

なんだか落ち着かない。なにかしてもらうたびに、戸惑いながらも気分よく感じてしまうからなおさらだ。

「レストランというより、食事に力を入れているカフェという感じかな」

「あ……はい、そうですね。確か、どこかのホテルで長年コックをしてた人が始めたって聞きました」

メニューも価格もカジュアルだが、ベースにはフレンチがあるようだ。写真ではなくイラストで一部のメニューが描かれているが、説明だけでも美味しそうだった。

パスタと日替わりランチを頼み、スマートフォンのチェックを始めたレイフォードをこっそりと見つめる。

長い脚を組んで座る彼は惚《ほ》れ惚《ぼ》れするほど絵になっている。芸術性の高い写真でも見ているような気になるのだ。

相変わらず彼は蒼唯にとって眩しい存在だ。祖母が本条家のお嬢さまに抱いていたのも、こんな気持ちなのだろうか。

毎日顔を合わせるようになって少しは慣れたし、一緒にいるのは楽しいけれども、やはり自分のような人間とは別世界の人だと蒼唯は思った。

日がとうに落ちて、そろそろパークを出ようかと思った頃だった。

予報通りに雲行きがあやしくなり、遠くで雷が鳴り出した。昼間は晴天だったのに、少し前から曇りだして空はすっかり灰色だった。

「やっぱり降るんだ……」

「予報通りだね」

「ですね」

夏場にはよくあることだと、さして気にしていなかった。台風が接近しているわけでもなければそんなものだろう。水害が起きるほどの天候ならば事前に注意喚起がなされるはずだ

がそれもなかったのだ。

「これ買おうか」

レイフォードが手にしたのはパークのオリジナルキャラクターをプリントしたマグカップだ。ハリネズミをモチーフにした可愛らしいイラストが真っ白いカップの上で踊っている。文字通り踊っているのだ。

「え……好きなんですか、そういうの」

「そうじゃないけど記念に」

「いやー……欲しいなら止めませんけど」

「残念。じゃあ、また別の機会に」

どんな機会なんだろうと思ったが黙っていた。

暢気《のんき》に土産ものを見ているうちに、遠かった雷鳴もすぐ近くで聞こえるようになり、雨がぽつぽつと降り出した。

パーク内の客たちは逃げるようにして手近な建物内に避難している。ここはエントランス近くにある売店で、オリジナルグッズや菓子類などが所狭しと並んでいた。

「いまのうちに車に移動するか、雨が通り過ぎてからにするか……」

レイフォードは溜め息をつき、スマートフォンを操作し始める。気象情報を見るのだろう。

そのとき稲光と同時にドーンという音が響き、周囲から悲鳴が聞こえた。

蒼唯はびくっと身をすくめてしまう。雷は特に苦手でもなんでもないが、さすがに音が大きすぎて驚いてしまった。

何人かの子供が泣き出すのも無理ないと思った。大人だってかなり驚いたし、女性は悲鳴を上げていたのだから。

雨は瞬く間に強くなり、建物の屋根で激しい音を立て始めた。外では雨が大きく跳ね上がり、あちこちに水溜まりを作り出す。かと思えば、たちまち一部の道が川のようになった。

排水はギリギリだ。この分では町のあちこちで冠水してしまうだろう。道はなだらかだがアップダウンはあるし、アンダーパスもあるのだ。

「すごいな……スコールだね」

「あー、こういうのは集中豪雨とかって言ってます」

「なるほど」

気象情報を見せられたが、この付近は地図上で真っ赤になっていた。結構な広範囲だ。いま雨を降らせている雲は十数分で通り過ぎて行きそうだが、西から次の雨雲が近づいてきている。今朝の天気予報で午後に通り雨があるとは言っていたが、ここまで荒れるとは聞いていない。数時間のうちに変わったのかもしれない。

「小降りになったら移動しよう」

「はい」

売店内の客たちも同じような考えだったようで、十数分後に雨音が小さくなると、次々店を出て行った。

雨のなかを駐車場まで走り、そこそこ濡《ぬ》れながら車に乗り込む。気温はぐっと下がっていて、エアコンの風が当たると寒いくらいだった。

「しまったな……売店でタオルを買うべきだったか」

「……ハリネズミの?」

「そう」

冗談めかして笑うレイフォードに釣られ、蒼唯も笑ってしまった。雨のなかを走ったせいかテンションがおかしくなっている。

再び雨が強くなってきた。ワイパーが追いつかないほどの激しい降りに、レイフォードはしばらくこの場で待つことを選択した。車の屋根に当たる雨粒のせいで、声を張らなくては会話が出来ないほどだった。

そうして三十分近く待って、ようやく少しだけ雨が収まった。

「行こうか」

駐車場を出ると、道路のあちこちに水が溜まっていた。排水が追いつかないようだ。弱まったとはいえいまだ強い雨のなか、車はゆっくりと走り出す。

蒼唯はスマートフォンで状況を確認した。あちこちに大雨洪水警報が出ており、この界隈も範囲に含まれていた。

「わー、いろいろ警報が出てる……あ、あれかぁ線状降水帯……」

　近くを流れる川の水位も危険水域に達し、土砂災害の警戒情報も出ていた。山のほうでは尋常ではなく降っているようだった。

「あ……」

「どうした？」

「土砂崩れで道が塞がれているところがあるみたいです。このへんも警戒情報は出てるし、道路の冠水もあちこち……」

「行きのルートは危ないかな」

「避けたほうがいいと思います」

あれは完全な山道だった。どこで崩れても不思議ではないし、足止めを食らったときに山中ではいろいろと不安だ。まして外はもう暗くなってきている。

「困ったな……どのルートで帰ればいいのか……」

レイフォードは安全な場所に車を停め、ナビゲーションシステムを操作している。ルートは簡単に出たが、提示されたのは例の山道だった。もちろんほかにも道はあるのだが、あちこちで渋滞も起きていて、道が赤く示されている。この分ではいつどこで通行止めが起きるかわからなかった。

スマートフォンでもナビから得た情報を確認すると、いくつものルートが映し出された地図を見比べ、指で指し示した。このルートは土砂が崩れたことによる倒木で通行止めだ。ほかにもアンダーパスが冠水で通れなくなったり、車が立ち往生したことによる渋滞で通れなくなっているところがあった。交通情報ではなく、SNSの情報だ。

雷鳴はまだ聞こえている。ときおり強い風も吹きつけていた。台風でもないのに大荒れの天気だった。予報ではここまでのことは言っていなかったのに——。

「どこを通っても川があるね」

霧里までの道は、途中に大小さまざまな川が横たわっている。現状では氾濫までいかないはずだが、少しばかり不安に感じることは否めない。

そうこうしているうちに停電の情報を目にした。迂回路に選ぼうとしていた界隈だった。

「停電ってことは、信号機とかも消えてるのかな」

不意にぶるっと震えてしまったのは、濡れた身体《からだ》にエアコンの風が当たっていたせいだろう。

蒼唯が慌てて直風を避《よ》けたのを見て、レイフォードはエアコンを切った。だが今度は車内がひどく蒸し暑くなってしまう。ここで窓を開けようものなら激しく雨が吹き込んでくることは間違いなかった。

「蒼唯」

少し考えてから、レイフォードは遠慮がちに提案してきた。

「この先にホテルがあったよね。とりあえず入って、身体を温めないか？」

「ホテル、って……え……」

来るときに見たホテルと言えば、いわゆるラブホテルだったはずだ。確か数軒あったと記憶している。

言葉もなく見つめていると、レイフォードは苦笑しながら両手を胸の高さに上げた。ホールドアップの体勢だ。

「誓ってなにもしない。このままだと風邪《かぜ》をひきそうだし、車のなかよりも落ち着けるだろうと思っただけだよ」

「べ……別に、男同士だし……」

動揺している自分に気付いて、自然と目が泳いだ。そうしてから、なにを動揺することがあるのかと気がついた。

そもそも同性の友人を相手に弁明するレイフォードもレイフォードだ。彼のなかでは、普通のことなのだろうか。

横目でちらりと見やると、彼は正しく意図を察した。

「僕は同性と付き合ったことはないよ。ちなみにフリーだから」

「そ……そうなんですか？　婚約者とかいないんですか？」

「いないよ。どうしてそう思うの？」

「え、だってレイさんみたいな人って、子供の頃から許嫁《いいなずけ》とかいたりするんですよね？」

「……ん？」

その反応はとぼけているというのではなく、意味を捉えかねたという感じだった。

「えっと許嫁っていうのは、子供の頃に親とか家が決めた婚約者というか……」

「ああ……いや、そんな相手は一度もいたことがないけど」

「あ、そうなんですか……」

意外だなと思っていると、むしろレイフォードのほうこそが予想外のことを言われたという顔をした。

どうやら本当にいないらしい。

「兄弟の誰もそんな相手はいないよ。兄の一人は結婚しているけど友人の紹介で会った相手との恋愛結婚だし。なんだか、決められた相手がいるのが当たり前という感じだったけど、どこからその認識は来たの？」

問われて初めて疑問を抱いた。蒼唯のなかには当然のようにあった認識だったのだ。

「ええと……あー、たぶん祖母の影響です」

「うん？」

「その、祖母は本条家の影響が強いというか、憧れがものすごいと言うか……。レイさんのお祖母さんも子供の頃から相手が決まってたって、聞いたんですけど」

相手は外国の人だと聞いた。だからレイフォードが素性を語ったとき、疑問の余地もなく納得したのだ。

だがレイフォードは苦笑を浮かべていた。

「うーん、それは少し違うかな。確かに祖父母は子供の頃からの知り合いではあったそうだけど、お互いの父親が友人同士だったというだけらしいよ」

「えー」

「イギリスに移住してから親しくなって、当人たちの意志で結婚したそうだよ」

「そうだったんですか」

祖母の誤解がどこから来たものかは不明だ。想像したものが彼女のなかで決定事項になったのかもしれないし、近所でそういった噂《うわさ》が出ていたのかもしれない。いずれにしても、間違いだったわけだが、このことは祖母には黙っていようと思った。

「うん、だから家のしがらみとか、そういうのはないから安心して」

「あ、安心ってなんですか……！」

動揺した理由は自分でもよくわからなかった。後になってから、これは図星を指されたからだと気がついた。

レイフォードは意味ありげな笑みを浮かべるだけで、それ以上なにも言わなかった。そのまま慎重に、雨のなかを走り出す。

どうやら先ほど「別に」と答えたことが了承の返事となっていたようで、低速のまま車は一番手前のホテルに入った。

「システムがよくわからないな……」

ホテルは一階が駐車場になっていて、一つ一つのスペースがコンクリートの壁で仕切られている。半分以上は緑の表示で、ときどき赤の表示が点《つ》いていることから、前者が空車状態ということだとはわかった。

レイフォードは緑のところに車を入れ、車外へ出た。それから少しして、助手席のドアを開けた。

「直接部屋に入れるみたいだよ」

促され、緊張しつつも車を降りた。よく見ると駐車スペースの奥にはドアがあり、部屋番号入りの案内板もついていた。室内の写真つきだ。

背中に添えられたレイフォードの手が温かい。どうしてもそこに気を取られてしまい、気がついたら部屋に到着していた。

部屋は思っていたよりもシンプルで、普通のホテルのようだった。ベッドは大きなものが一つだけで、バスルームはガラス越しに丸見えだったが。

「へぇ……」

レイフォードは興味深げにあれこれ見ていた。大きなクローゼットを開けた瞬間に手を止めたが、すぐに扉を閉じた。

蒼唯も見てしまい、そのまま固まった。隠すようにしてあったのはアダルトグッズの自動販売機だったからだ。

微妙な空気が流れたのは一瞬で、レイフォードは苦笑しながら肩をすくめた。

「すごいね。至れり尽くせり……であってるかな？　用意周到は違うよね？」

いまさら日本語に自信がないような発言はまったくの無意味だ。彼はそこらの日本人よりもずっと自在に日本語を操ってきたのだから。

蒼唯は曖昧に笑い、エアコンの設定温度を上げた。少し寒かった。

レイフォードはバスルームの様子を見に行き、内側からガラスにブラインドを下ろした。ちゃんと目隠しが出来るのだ。

「これでよし。蒼唯、シャワーを浴びて身体を温めておいで。服は風に当てれば乾きそうだな……」

「え、でも」

「覗かないから大丈夫」

「そ……そんなこと心配してないです。レイさん、先にどうぞ」

「僕は平気。あ、それとも一緒に入る？」

口調と表情から冗談だとわかっているのに、蒼唯はつい反応してしまった。それもいささか過剰なほどに。

「っ……け、結構です！」

「ん？　それはＹＥＳの意味かな？」

「日本語わかんない振りとかもういいですから！　お言葉に甘えてお先に入りますっ」

蒼唯は逃げるようにしてバスルームに飛び込み、それを見送るレイフォードはくすくすと笑っていた。

飛び込んだホテルは、セックスを目的とするものだと聞く。ホテルの部屋は多種多様らしいが、ここは内装も落ち着いていて、新しめのビジネスホテルとそう変わりない。いい選択をしたと、レイフォードはあらためて思った。

服はもう乾いているだろう。もともと一部が雨に濡れただけだから、一晩あれば十分だった。

泊まることにしたと告げたときの蒼唯の反応は、それはもう可愛らしいものだった。

目が泳いで言葉が出てこなくて、困惑と驚愕と少しの反発と恐れが一瞬のうちに態度に表れては消えていき、最後には諦めと納得に変わった。蒼唯が風呂に入っているうちに付けていたテレビで、ニュース番組が大荒れの天気と今後の注意を呼びかけていたのを見たからだろう。

曰く、雨はもう少しで収まるものの河川の氾濫には引き続き注意が必要であり、道路の冠水と停電は至るところで起きていて、暗いなかを移動するのは徒歩だろうと車だろうと危険である、ということだった。まして雨を多量に含んだ土砂がいつどこで崩れるかわからない状態でもあると。

もともと夕食はいらないと蒔乃屋に言っておいたから、後は外泊を伝えるだけだった。蒼唯の前でレイフォードは旅館に電話をし、対応に出た静恵にことの次第を告げた。天候のことは当然把握していたようで、お気をつけてと返ってきた。続いて蒼唯のことで謝意を示されたので、本人に電話を替わった。通話は短かったが、蒼唯は祖母からいろいろと言い含められたらしい。大方迷惑をかけるなといったところだろう。

夕食はホテルのルームサービスですませた。業務用の冷凍食品を温めただけのものだったが、外へ出るという選択肢はなかったのだから仕方ない。

蒼唯は緊張しているのか言葉数が少なく、それでも疲れていたのかレイフォードがタブレット端末に向かっているあいだに眠ってしまった。レイフォードがソファにいたので、遠慮なのか警戒なのか蒼唯はベッドに腰掛けていたのだが、そのうちぱたんと横になってそのままだった。

そうして一夜明けた現在――。

蒼唯はレイフォードの腕のなかにいた。

少し前にむにゃむにゃ言い始めた彼は、猫のように胸にすり寄ってきて、すうすうと気持ちよさそうにまた眠ってしまった。

「So cute……うん、可愛いなぁ」

気がついたら口にしていた。

昔からレイフォードの周囲には男女問わず見目麗しい者がいたし、近寄ってきた。可愛らしい女の子や、洗練された美しい大人の女性、ときには性別を超えた美貌《びぼう》を誇る男性からも秋波を送られてきた。すべてにレイフォード自身への好意や欲望があったとは思っていない。グラント家や会社に魅力を感じた者もいただろうし、ハニートラップのケースもあったことだろう。

だがただの一度もレイフォードがそれらに揺らいだことはなかった。容姿に優れた者たちからの純粋な好意であっても、心は動かなかったのだ。

他者に共感したり肉親に愛情を向けたり、動物を可愛がることは普通にしていたから、恋愛感情だけが抱けない質《たち》なのだと諦めていた。

なのにいま、こんなにも蒼唯を愛《いと》おしいと感じている自分がいた。

思えば初めて会ったときから感じるものはあったのだ。

離れがたい、もっと話していたい、そんな気持ちを抱いていた気がする。振り返ってみて気付いたことだけれども。

どうして蒼唯かなんて自分でもわからない。もっと美しい者はいたし、賢い者も優しい者もそれなりにいた。そもそも蒼唯は男だ。だが考えても意味はないこともわかっている。すでにレイフォードは恋に落ち、この初めての気持ちや衝動と闘うことに必死なのだから。

考えるべきはほかにあった。どうすれば彼が手に入るか、そしてずっとそばに置いておけるか、そのほうが大事だろう。

抱え込んだ小さな頭を撫で、さらりとした髪の感触を楽しむ。近すぎて顔は見えないけれども、ときどきまつげの先が肌《はだ》に触れてくすぐったかった。

パジャマ代わりのバスローブは眠るには適しておらず、二人ともすっかり乱れてしまっている。特に蒼唯のほうがひどくて、前はほぼ全開のようだ。

ちなみに下着は穿《は》いている。自販機で売っていたものだから、図らずもお揃いになってしまったが。

雨は昨夜のうちに去ったようだった。手を伸ばしてテレビを付け、音量を小さくして見た限り、人的な被害は出なかったようだし、川が氾濫する恐れは去ったようだ。ただし停電はまだ一部で続いているとのことだった。

時刻は七時を少しまわったところだ。身支度《みじたく》を整え、どこかで朝食を取って帰れば、昼前には霧里に着くことだろう。昨日の山道は避けたいので時間がかかるのは仕方なかった。

「蒼唯」

呼びかけながら額にかかる髪を梳《す》いてやると、小さく身じろぎながら睫《まつげ》を震わせた。

ううんと寝ぼけた声を出して、彼はゆっくりと目を開けたものの、現状が把握できているとは言いがたい様子だった。

毎日顔を合わせているが寝起きに遭遇するのは初めてだ。自然と笑みがこぼれるくらいに可愛かった。

先ほどから「可愛い」という感想が何度浮かんだことだろうか。どうやらレイフォードの語彙力は急激に下がってしまったようだ。

ぱちっと音がしそうなほど大きく瞬きをした後、蒼唯の目が焦点を結んだ。

「っ……」

現状を把握したらしい彼は硬直すると同時に顔を真っ赤にした。

悪くない反応だ。レイフォードは蒼唯の態度や視線のなかに、すでに期待する感情を読み取っていたが、当の本人に自覚がないようだということも気付いていたのだ。

はっと息を呑む声がして、蒼唯はレイフォードの腕のなかからいなくなった。目を瞠《みは》るほど俊敏な動きだった。そして勢いよく動いたおかげで、バスローブは肩にかかっているだけの代物になってしまった。

思わずしげしげとその裸体を見つめてしまう。

とても来年二十歳《はたち》になろうという青年の身体ではなかった。一応うっすらと腹筋らしいものは見えているが割れているわけではなく、胸も腹も薄い。腰なんて無茶をしたら壊れてしまいそうなほど細いし、手も足も同じ男かと思うほど華奢《きゃしゃ》だ。けれど不健康なものではなく、十分すぎるほどにそそる身体をしている。

「朝から刺激的だね」

「わーっ……！」

やっと自分の格好に気付き、蒼唯は背中を向けてしゃがみ込んだ、もそもそとバスローブの前を合わせている。

「約束通り、なにもしてないから安心して」

レイフォードもバスローブを整えてベッドから下りると、蒼唯を後ろから抱きすくめた。

びくんと細い身体が跳ね上がった。だが撥《は》ねのけることも逃げることもしない。ただ動揺し、困惑を見せるだけだった。

薄い肩に顎《あご》を乗せ、そのまま抱き心地を堪能していると、恐る恐るといったふうに蒼唯が声を発した。

「レ……レイさん……？」

「うん？」

蒼唯の声は震えていた。だが怯《おび》えの色はなく、ただ動揺と困惑があるのみだった。

「なに……してるんですか……」

「抱きしめてる」

わかりきったことを言うのは故意だが、別にからかうつもりではなかった。他意はないのだと伝えたかっただけだ。もちろん説明不足なことも承知していた。

「な、なんで……？」

「可愛いなぁと思ったら、自然と」

「かっ……」

蒼唯からしてみれば、きっと説明にもなっていないのだろう。

愛おしいと思ったから、欲しくてたまらないから、あるいは欲情してしまったから。でも言うのはいまじゃないこともわかっている。レイフォードはロマンティストではないが、相手のためにそれを考慮することは出来る。さすがにこんなホテルで想いを告げるつもりはないのだ。

それに、気持ちを伝える前に言わねばならないことがある。

「どこかで朝食を食べてから帰ろうか」

「は……はい」

腕のなかでぎこちなく頷くのが可愛くて、つい自分を抑えられなくなってしまった。触れるだけのキスを、頬に落とす。なんとかそれだけに止めたのは、なけなしの理性が働いてくれたおかげだ。

すくみ上がりはしたものの、やはり蒼唯は拒絶を示さなかった。

いい朝だと、レイフォードは笑みを浮かべた。

にしてくる。

悪天候でやむなく外泊してからというもの、レイフォードは以前にも増してスキンシップが激しくなった。いまや後ろから抱きつく、耳やら頬《ほお》やらにキスをする、なんて当然のようにしてくる。

抱きしめながら、可愛《かわい》いだとか離したくないだとか、甘く響くようなことも口にした。だがそれだけだった。告白めいたことはけっして言わない。

だから蒼唯《あおい》はひたすら困惑していた。最初のうちは狼狽《うろた》えるばかりで対処も出来なかったが、少し慣れた後ははっきりと拒否した。こういうことはやめて欲しいと、真剣に訴えた。

だがレイフォードは態度を改めなかった。「ごめんね」という意味のわからない返しをし、困ったように笑うだけなのだ。

本当に困っているのはこちらなのに。なにが困るといって、レイフォードの行為もそうだが、いろいろされても少しも嫌じゃないことだった。

「俺ってそっちの人だったのかな……」

「なんだって？」

リビングからキッチンまで声が飛んできた。独り言は中途半端なボリュームで、声は届いたが内容はつかめなかったようだ。

「なんでもないです。えっと、メニューのこと」

「なにかトラブル？」

「そうじゃないですけど……」

あれ以来、蒼唯はレイフォードの顔がまともに見られなくなってしまった。それも困りものだ。ランチの約束があるから毎日二人だけになる時間があるのだが、向かい合って座っていても目線が落ちて、態度もぎこちなくなってしまう。

「あ、ちょっと大女将《おおおかみ》を手伝ってくるよ。君はいいからね。ランチをよろしく」

言い置いて、レイフォードは洋館を出て行った。目をやると、ちょうど祖母が庭の掃除をしているところだった。彼は祖母と押し問答——と言えないほど暢気《のんき》そうなやりとりだったが——をした後、竹箒《たけぼうき》を受け取って庭掃除を始めた。祖母はぺこぺこと何度も頭を下げ、旅館に戻っていった。

彼はもうすっかり蒔乃屋《まきのや》に馴染《なじ》んでしまっている。従業員とも気さくに話しているし、祖母は全幅の信頼を寄せている。彼の人柄もあるだろうが、やはり「憧れの本条《ほんじょう》家のお嬢《じょう》さま」の孫であるというのが大きいようだ。

レイフォードの手によって、先日蒔乃屋のホームページはリニューアルした。以前のものは何年か前に辞めた従業員が作ってくれたものだったが、かなり簡易的でウェブ上での予約機能もなかったのだ。確か蒼唯が幼稚園の頃に出来たものだったはずだ。

効果は抜群だった。デザインも一掃し、写真もすべて撮り直して、明るく機能的になったホームページのおかげか、アクセス数は相当増えたし何件か予約も入っている。

そしてさりげない会話のなかで、彼は蒔乃屋の改善点をいくつか指摘した。本当にさりげないので、きっと祖母は指摘されたとは感じなかっただろう。あくまで会話をきっかけに自分で気付いたと思っているに違いなかった。

「そういうとこがなぁ……」

素直に感心してしまうし、心も動かされる。同時に蒼唯の警戒心も否応《いやおう》なしに刺激されてしまう。

だいたいどうしてレイフォードほどの人が蒼唯のような人間にかまうのか。まして好意を隠そうともしないのか。いや隠そうとしていないのではなく、故意に見せているのではないのか。

「はぁ」

彼の本心なんてわかりはしないのだ。そう、母を捨てたジョージのように。

見目よい外国人男性との、ひと夏の恋によって唯子《ゆいこ》の人生は狂ってしまった。人生経験も恋愛経験も浅い高校生の女の子は、王子さまのような外国人青年に夢中になって、それ以外のことは見えなくなってしまったのだろう。

(俺だって、きっと……)

唯子のことがなければ、こんなふうにレイフォードを警戒したりしなかった。もしかしたら、とっくに口説かれてしまっていたかもしれない。

友人としてならばともかく、向こうがそれらしいものを——恋愛感情めいたものを見せるようになってから、蒼唯は以前のような気持ちで接することは出来なくなっている。

彼からそんな雰囲気、あるいは視線を感じるたびに、弄《もてあそ》ばれて捨てられた母の姿が脳裏に浮かんでしまうのだ。

「チョロいのは遺伝かも」

自嘲して溜《た》め息をついていると、キッチンカウンターに置いてあったスマートフォンが点滅した。

覗《のぞ》き込むと喜多村《きたむら》だった。友達からのメッセージは珍しいことではない。さすがに毎日ではないが、数日おきになにかしら送ってくるのだ。喜多村が一番頻繁であり、井藤《いとう》やほかの友達は頻度がぐっと下がる。

アプリを開くと、電話で話したいと書いてあった。どうしても確かめたいことがある、重要なことかもしれない、と。

「珍しい……」

喜多村は軽薄だが、口から出任せを言ったり嘘《うそ》をついたりはしない男だ。それに「重要かもしれない」という言いまわしが気になった。かもしれないという部分にリアリティを感じたのだ。

ちらりと庭のレイフォードを見てから、スマートフォンに指を滑らせた。

『あ、蒔野？』

「うん。話ってなに？」

『あのさ、こないだ迎えに来た外国人いたじゃん。あれ、何者？』

「え？」

予想外の話に面食らってしまう。思わず庭に目をやりそうになったが、意識してやめた。どういうことなのか。興味を持ったにしても、あれから何日もたっているのだし、どうして今日になって尋ねてきたのかもわからなかった。

「なんでそんなこと聞くわけ？」

『いやそれがさ、今日映画観に行ってたんだけど……』

出先で喜多村は同級生の女子三人組にばったり会ったらしい。それ自体は別に驚くことでもなんでもない。自分たちの行動範囲なんて、似たり寄ったりなのだ。

『でさ、そのなかに親父《おやじ》が建設会社やってる子がいるじゃん』

「うん」

『そんで今度、霧里《きりさと》でデカいプロジェクトが動くかもってことで、親父さんがいろいろ話してくれて、なんか業界誌みたいなものとか見せてくれたらしくてさ。そしたらそこに、こないだの男が載ってたっていうわけよ』

「レイさんが……？」

『そう、それ！　レイフォード・グラントっていうんだろ？』

フルネームまで判明しているのだから、間違いなく載っていたのはレイフォードなのだろう。彼はそういった仕事に就いていると言っていた。建設業だとは言わなかったが、大きな施設の建設に携わったと。

「そうだけど……業界誌って、建設業の？」

『建設っていうか、いやまぁそうなんだけど、もっとほんとデカくてもうヤバいとこじゃん！なんつったっけ……えーと、オレオール・リゾーツ・インターナショナルズってとこのCEO《最高経営責任者》の御曹司《おんぞうし》だろ？』

会社名を聞いても蒼唯にはピンと来なかった。ただ電話の向こうの喜多村がメモかなにかを見ながら言ったのがわかったくらいだった。

それに大金持ちのご令息だということは知っているのだ。本人がはっきりそう言ったわけではないが、母方の祖母の出自だとか、家族の話をしたときの雰囲気で、相当な資産家だろうことは察せられたからだ。

『そんで霧里の再開発は日本法人が手がけるんだってな。あのイケメン、やっぱそこのやつなんだろ？』

再開発というのはゴルフ場跡地のことだろうか。具体的な話はまったく聞いていないが、水面下で進んでいたとしても不思議ではない。なにしろ土地は本条家の持ちものだ。買収などの必要がないなら町民から噂《うわさ》が立たなくても不思議ではない。いや、建設業界内で話が出てきたということは、動き出したということなのかもしれない。

気がつくと電話は切れていて、蒼唯はスマートフォンを握ったまま立ち尽くしていた。どう言葉を返したのか覚えていなかった。

「なんだっけ……オレオール……なんとか……」

検索をかけてみたら、すぐにヒットした。

アメリカに本社を置き、カジノ経営やホテル事業、複合施設などを世界中で展開している企業だ。ラスベガスの事業も大きく紹介されていたし、アメリカ国内だけでなくヨーロッパでも複合リゾート施設を経営している。ビーチとホテルとショッピングモールがセットになったような、町一つを丸ごと作ってしまったようなスケールの大きなものまであった。ここ最近はアジアでも展開していて、すでにシンガポールや香港にリゾート施設を、日本でもホテルとスパを作っていた。

そんな大企業のトップが、レイフォードの父親だという。ＣＥＯの名前も写真もすぐにわかった。

（ティモシー・グラント……似てる……）

そっくりとまで言わないが、親子だと言われれば納得する程度には面差しが似ていた。五十七歳とは思えないほど溌剌《はつらつ》とした美丈夫だった。

そのオレオール社は、つい最近日本国内にオレオール・リゾーツ・ジャパンという会社を立ち上げている。件《くだん》のホテルとスパはオレオール本社が日本の企業と提携して作ったのだが、今後は本格的に乗り出してくるわけだ。

(嘘は一つも言ってなかった……けど……)

本当のことも、レイフォードは隠していた。言う機会はいくらでもあったのだから、これは故意に黙っていたとみて間違いない。

「蒼唯?」

突然かけられた声に、びくっと身体《からだ》を震わせてしまった。彼が近づいてきていたことに、まったく気付けなかった。

「レイさん……」

言いかけたものの、なにをどう告げたらいいのかと混乱してしまった。聞きたいことは山ほどあるのに、どこから切り出したらいいのかがわからない。

そんな蒼唯の様子を見て、レイフォードは思案顔になった。なにごとかがあったのだと思うには十分な態度だっただろう。

「座って話そうか」

蒼唯は黙って頷《うなず》いた。居間のソファに移動して、隣りあって座った。先に腰《こし》掛けたら、迷うことなく隣に座ってきたのだ。レイフォードのいつもの距離感だ。

さっきまでならば、それを受け入れていただろう。むしろ喜びを感じて、浮かれたかもしれない。だがもう無理だった。

蒼唯はソファの端により、レイフォードと距離を取った。

「どうした……？」

取り繕《つくろ》えていないのはわかっている。いや、取り繕う必要もないと思った。

「レイさんは……オレオール社の人なんですよね？」

なんとか顔を見ながら事実確認をすると、レイフォードはほんの少しだけ驚いたように瞬きをして、それからふっと息をついた。

短いその時間ですべてを察したようだった。たいして驚いていなかったのは、彼にとってさして大きなことではないからだろうか。あるいは蒼唯が知ったことを、推測していたためだろうか。

いずれにしても、表情をほとんど変えないレイフォードに対して、蒼唯が警戒心を膨らませたのは確かだった。

この人が見せる表情はすべて意図したものかもしれないと疑い出してしまった。

「別に隠していたわけじゃないんだよ。自分から会社のことをぺらぺらと言う気がなかっただけなんだ」

確かに蒼唯は尋ねなかった。客のプライベートを聞くなんて、という思いがあったからだ。

いくらレイフォードが友達と言ってくれても——たとえキスをするような関係になったとしてもだ。そもそも蒼唯はそういったことに踏み込んでいくのが苦手なのだ。

「じゃあ本当なんですね」

「うん。僕は九月からオレオール・リゾーツ・ジャパンの社員になる。ジェネラルマネージャーというポジションが用意されてるよ」

「……よくわかりません」

「そうだな……日本の会社で言えば事業部長といったところかな。ゴルフ場跡地の再開発を手がけることになる」

やはりそうかと、力のない笑いが漏れた。

「ここへ来たのは視察ですか?」

「そんな大層なものじゃないよ。どういうところなのか知りたかったから来て……滞在してみたくなったから、また来ただけだ」

取ったはずの距離が詰められて、手を取られた。引っ込めようとしたのに強く握られ、何度かの攻防の末、蒼唯は諦めた。ただし視線は合わせず、わかりやすく横を向いた。

素性を隠していた。目的があった。それだけでも蒼唯が彼とのあいだに壁を作るには十分なことだった。

「仕事が頭にあったことは否定しないよ。でもそれだけなら一ヵ月も滞在する必要はなかったし、君を誘って出かけることもなかった」

「そう、ですね」

レイフォードの言葉を冷静に受け止め、そこは納得した。けれども頭で理解したからといって気持ちはそうではない。蒼唯の警戒心と不信感は高いところに留《とど》まったままだった。

「君を利用しようと思ったわけじゃない。それはわかってくれないか？」

「それは……わかります。だって利用するほどの価値ないし」

卑下しているわけでもなんでもなく事実だと思う。仮に蒔乃屋の土地なり権利なりが欲しいのだとしても、蒼唯にはなんの権限もない。それ以前に本条家の広大な土地があるのだから拡大する意味はないだろう。

ぽつぽつとそんなようなことを告げると、レイフォードは神妙な顔で頷いた。

「そうだね。蒔乃屋の経営に、うちが乗り出す理由もない。そのまま君のところで経営を続けてもらって、再開発については足並みを揃《そろ》えてもらうのがベストだ」

「ですよね」

プロジェクトが動き始めたら、きっと祖母は喜ぶに違いない。蒔乃屋としても、本条家の令嬢に心酔する個人としても反対する理由はないはずだった。

このままゴルフ場がなくなれば、遠からず蒔乃屋は立ちゆかなくなる。だが新たな施設が出来れば人はまた流れてくるのだ。願ったり叶《かな》ったりだった。

「そこまでわかってても、僕の目を見てはくれないのかな？」

「……すみません」

「いや、君が謝ることはなにもないよ。黙っていた僕が悪い」

レイフォードの態度は真摯《しんし》で、蒼唯に向き合おうとしているのが伝わってくる。だからこそ、なぜという思いがあった。

「黙っていたのは、あえて……ですよね？　理由はなんですか」

「最初は警戒させないためだった。でもすぐに理由は変わったよ。僕のバックグラウンドなしに、君に僕を見て欲しくなったんだ」

「え？」

思わず視線を戻すと、辛《つら》そうな顔をしたレイフォードが目に入った。

「大抵の人は、オレオールのことを知ると目の色を変えるからね」

苦笑まじりの言葉に蒼唯は納得した。それと同時に、そんなものがなくてもレイフォードの容姿そのものに目の色を変える人も多いだろうと思った。

理解はした。けれども今度は別のことが引っかかった。

「俺……大企業の御曹司だからって、媚《こ》びるやつに見えた……？」

「いや」

「だったら……」

「僕の我《わ》儘《まま》だ。気になる子に家のことがバレてない状態は、初めてだったからね」

理由になっているようで、なっていないと思った。少なくとも蒼唯にとってはそうだ。気持ちはわからないでもないけれど、気持ちが晴れたわけではなかった。

「僕自身を見て欲しいと思ってしまった。それまでの彼女たちとは違うと直感的に思ったしね」

「彼女たち……」

「さすがに恋愛未経験ではないよ。あ……そう言えば、日本人は告白して返事をして、付き合おうと確認しあってから恋人になるのが一般的なんだっけ？」

余所《よそ》の国の人は違うのだろうか。確認作業がなかったら、どうやって付き合っている状態とそれ未満を区別するのか。

蒼唯が疑問に思っていると、レイフォードが近づいてきた。

「ねぇ、蒼唯。僕は君のことが好きだよ。隠していたことはあったけど、君に嘘は一つもついてない。恋人になってくれないかな」

レイフォードの目は熱く、その態度はやはりどこまでも真摯だ。だからといって、はいそうですかと頷けるものではなかった。一度芽生えた不信感は、そう簡単に払拭できるものではない。

ましてや自分は、あの母の子なのだ。見目のいい外国人の甘い言葉にまんまと騙《だま》され、弄ばれて捨てられた人の――。

だから絶対に、たやすく信じたりはしない。

なにもレイフォードが故意に自分を騙そうとしている、なんて思っているわけではなかった。そんなメリットが自分にないのは明白だ。けれども遠い異国の地で出会った相手に、一時的に気分が盛り上がっていることはあり得るだろう。そうしていずれ帰国したら、急に冷めてしまうかもしれない。

「無理、です」

目を逸《そ》らしてはいけないと思った。自分の意志を示すためにも、まっすぐに見て言わなければいけないと。

レイフォードはわずかに目を瞠《みは》り、それから一瞬だけ視線を外して思案顔になった。けれどもすぐに、美しい青い瞳は戻って来た。

「無理……と言ったよね。嫌でも駄目でもなく？」

小さく息を呑《の》んでしまった。だが否定も出来ず、目を泳がせるしかなかった。ぐらぐらと気持ちが揺れて、気を抜くとレイフォードの側に落ちてしまいそうになる。それを母の顔を思い出すことで思いとどまった。

「蒼唯。聞いてくれ」

「……はい」

「近いうちに、僕はオレオール・リゾーツ・ジャパンの人間として、ここに現れる。その前には話そうと考えていたんだ」

後からならなんとでも言える。そんなことを思った自分が嫌で蒼唯は俯《うつむ》いた。

「僕は欲張りだから、君も欲しいし仕事も成功させたいと思ってる。だからもう隠しごとはしないよ。バカンスが終わっても、僕は頻繁にここへ来る。そのときは、できる限り僕と行動を共にして欲しい」

「え？」

「現地の人たちとの繋《つな》ぎのような役割を頼めないだろうか」

なにを言っているのだろうと思った。だって蒼唯はただの学生で、手伝えることがあるとは思えなかった。

「どうして……？」

「話がスムーズに進むかもしれないという期待もあるし、なにより君といる時間を確保して、口説くためだね」

「はい？」

「君は今、僕に不信感を抱いてるよね。だから、時間をかけてそれを取り除きたいんだ。態度で示すしかないかなと思って」

にっこりと笑うレイフォードに気圧《けお》されて、蒼唯はひっと息を呑んだ。なにか言おうとしたのだが、上手《うま》く言葉にならなかった。

殊勝な雰囲気は霧散し、レイフォードはぐいぐいと迫ってきた。開き直ったのか、あるいは切り替えただけなのか、まるで獲物を狙うハンターのようだった。

「こ……困る……」

彼を好きだという気持ちに変わりはない。けれども恋人として彼を受け入れることには強い抵抗がある。これが本音だ。

気持ちはとても複雑だった。一緒にいたいのに、手を取るのは怖いのだ。

頭ではわかっていた。レイフォードはジョージとは違う。身元も確かで、急に消息を断つわけでもないのだと。

「僕に挽回《ばんかい》するチャンスをくれないかな。それと、一緒に新しい霧里を作るために協力して欲しい」

「……協力なら」

霧里のためになるならば手助けすることにためらいはない。現実として、ただの学生である自分になにが出来るのか、という問題はあるけれど。

「ありがとう。今度の事業は霧里のためになるはずなんだ。武西線《ぶせいせん》を延伸する話も進んでいるしね」

「えっ……」

唐突に思いがけない情報を開示され、蒼唯はその場でかちんと固まった。

武西線はレイフォードと出会う寸前に蒼唯が乗っていた電車だ。終点は出会ったあの駅だが、実はかつて路線の延長が計画され、実際に何百メートルかはレールが敷かれているのだ。その先の土地も確保ずみなのだが、鉄道会社の経営判断により計画は頓挫し、もう何十年もそのままなのだった。

「本当だったただろ？」

「いや、さすがにそこはもう疑ってませんでしたけど」

なにしろ現在、鉄道会社から地元住民への説明会なるものが開かれているところなのだ。

蒼唯は舞台袖《そで》でそれをずっと聞いていた。

説明は長かったが、ようするに武西線を延伸して終着駅を「霧里駅」とし、開通は三年後の三月になる、ということだった。ゴルフ場跡地に作られる施設——仮称タウンリゾート霧里の全面開業が同年の四月を予定しているので、それに先駆ける形のようだ。

ここまでの日々はめまぐるしかった。

蒼唯がレイフォードの素性を知った後、武西線のことを教えられた。もちろんその時点では口外しないように言われたが。それからレイフォードは祖母に時間をもらい、素性と再開発の話をし、黙っていたことを謝罪した。もちろんここでも再開発の話は口止めした。

レイフォードは予定を早め、翌日からオレオール・リゾーツ・ジャパンの社員として動き始めた。町内会会長に挨拶へ行き、町の人への説明会や話し合いを進め、様々な意見を吸い上げては会社に持ち帰った。

そのあいだも彼はずっと蒔乃屋にいた。ごくたまに都内の会社へ行くことはあったが、基本的には霧里に滞在したまま会議にも参加していた。

会議のとき、彼はいつも洋館に来る。さすがに旅館内ではほかの客の耳に入る可能性があるから、ということらしい。なのに蒼唯がいてもお構いなしだった。

自分だって部外者だという意見は、笑顔で流されてしまった。しかも蒼唯は霧里宿において、すっかりレイフォードのガイドのような相談相手のような――あるいは霧里宿の窓口のような扱いになっている。もちろん公式な存在ではないし未成年だから、あくまでレイフォードになにか言付けたり約束を取り付けたりという程度の役割ではあるが、町内会会長や町長がいるのにどうかとは思っていた。

「盛況だね」

ホールの席は八割ほど埋まっていて、そのほとんどが地元住民だ。霧里だけでなく、周辺地域からも訪れているようだ。

武西線の延伸は町の悲願だったと言ってもいい。寂れる一方だった町も、これで新たな住民を得る可能性が高まったわけだ。宿場町が息を吹き返すことを願う人たちにも朗報だった。もちろん学生だって通学の足として期待している。

そして蒔野家にとっても蒔乃屋にとっても、この話は希望の光だ。

ちらりとレイフォードの横顔を見上げ、すぐに目を逸らす。

意図してのことなのか否か、周囲からレイフォードのガイドと見なされたおかげで、いまさら彼と距離を置けなくなってしまった。下手《へた》に離れたり、関係が悪いと思われたりしたら、せっかく盛り上がっている再開発計画に水を差してしまいそうで出来なかった。

ぼんやりしていた蒼唯は、会場に響き渡る拍手で我に返った。いつの間にか説明会は終わっていた。

この会は地元住民向けのものだ。取材も多少は入っているが、鉄道会社としての公式発表は午後から行われる。こちらを先にしたことで、会社としては地元に寄り添うという姿勢をアピールしたいようだ。以前計画が頓挫したことへの謝罪の意味もあるらしい。

蒼唯はふっと息をつき、レイフォードから数歩離れた。彼のところに鉄道会社の社長やら町長やらが来たからだった。

（とんでもなく場違い……）

レイフォードと行動を共にするようになって、数え切れないほど感じたことだ。ビジネススーツを着込んで自分よりもずっと年上の人間たちと話している彼は、まるでどこかの王侯《おうこう》貴族《きぞく》のようだ。堂々としていて、それでいて品がよく、この場を支配しているようにさえ見えた。

普段の彼とはまた違う姿だった。

(なんで俺なんだろ)

尋ねてもレイフォードは明確な理由を言ってくれない。女性でもなく、絶世の美貌《びぼう》を誇るわけでもなく、能力だって中途半端だ。相手を癒やせるほどの特別なものがあるわけでもない。性格だって悪くもないけれど、特段いいわけでもないと思う。胃袋をつかんだというほど料理の腕前があるわけでもない。

やはり物珍しさか、あるいは——。

(現地妻的な？　いやいや……なに言ってんだ)

足下を眺めつつあれこれ考えていると、視界に見慣れた革靴が飛び込んできた。イギリスの有名スパイ映画で主人公が愛用していることでも知られるブランドらしい。

溜め息を飲み込んで、蒼唯は顔を上げた。

「帰ろうか」

「いいんですか？」

「午後は僕の出番はなしだ。広報が行くので、夕方に報告を受けるだけだよ」

促され、施設内の駐車場に停めてあった車で帰途に就いた。この二ヵ月ほどで、すっかりもうこの助手席にも慣れてしまった。

季節はすっかり移り変わり、秋の気配が濃くなってきている。暑い日もあるが、夕方になれば気温も下がって肌寒《はだざむ》く感じる日もあるほどだ。

蒔乃屋に戻ると、静恵《しずえ》はおらずベテランの仲居さんが帳場にいた。祖母はどうやら離れで唯子の昼食を作っているようだ。

いつものことながら溜め息が出る。唯子は本当になにもしないのだ。何年も外へ出ることなく家にいるのに、自分の食事も作りはしない。たまに自室の掃除をするくらいで、放っておくと食事も取らない。静恵はもう諦めているらしい。以前は叱ったり宥《なだ》めたり説教をしたりしていたが、泣くか具合が悪くなるか無反応になるか、といった状態だったので黙々と食事を出すだけになった。臥《ふ》せっていることが多いのは当然だろう。なにしろ食事量だって極端に少ないのだから。

「急いでご飯作りますね」

「ありがとう。でも慌てなくていいよ」

蒼唯は洋館に戻ってまっすぐキッチンに向かい、レイフォードは着替えるためにいったん旅館の部屋に行った。

今日はパスタにしようと大鍋に水を張ってコンロに掛け、冷蔵庫から玉ねぎやベーコンを出していると、カラリと網戸が開く音がした。

「一応ただいまーっ！」

よく通る高い声が洋館に響く。

「茜音《あかね》！」

ひらひらと手を振りながら、妹——蒔野茜音はバルコニーから直接リビングに入ってきた。バルコニーは庭へ直に出られる作りとなっていて、玄関より確かに出入りはしやすいとはいえ、いきなりこれはないだろう。

蒼唯は大きな溜め息をついた。

茜音に会うのは五月の連休以来だ。特に変わったところは見られない。強いて言うならば髪が伸びて、背中の真ん中くらいになっていることだろうか。美しいストレートの黒髪がさらりと揺れた。

「……そうか、学校休みか」

「うん。前期が終わったとこ」

茜音は都内の私立高校に通っているのだが、そこは中高一貫教育のミッション系女子校で、伝統的に二学期制を取っている。前期の期末試験は九月下旬にあり、それが終わると後期とのあいだに一週間ほどの休みが入るのだ。

「あっ、いまからお昼？　あたしの分もよろしくーっ」

「……パスタだよ?」

「何味? ペペロンチーノは嫌なんだけど」

「トマト系」

「よし」

まったく、なにが「よし」なのかと蒼唯は肩を落とす。

茜音は荷物を窓際に放りだし、カウンターから身を乗り出してきた。高校二年生になったというのに、子供の頃とまったくやることが変わっていない。

ただし見た目は年相応か、むしろ大人《おとな》っぽく見える。蒼唯と並んだらどちらが長子かわからないくらいだ。薄く施されたメイクのせいもあるかもしれない。

彼女と蒼唯はあまり似ていない。蒼唯がほぼ母親似であるのに対し、茜音は父方の祖母の若い頃とうり二つなのだ。蒼唯はどこまでも甘い顔立ちだが茜音は凛々《りり》しさすら感じさせる綺麗《きれい》な顔立ちで、通っている女子校で大人気だというのも頷けた。身長も女子にしては高いほうだった。

「なぁに?」

「……なんでもない。事前に連絡が欲しかったな、って」

「したらサプライズにならないいじゃん。驚いた?」

「驚いた。で、今回は何日くらい?」

「んー、とりあえず五泊かな。ほら、今年は夏に来なかったから」

彼女はこの夏、ホームステイでアメリカへ行っていたのだ。そのこともメッセージアプリで報告を受けていた。

話しているうちに、玄関からレイフォードが入ってきた。そうして茜音を見て驚いたような顔をしたが、すぐに正体に思い至ったようで隙のない笑顔を浮かべた。

「……わお、なんかもう想像以上に王子さま……」

小声での呟《つぶや》きは幸いなことに蒼唯にしか聞こえないボリュームだった。挨拶の前にこれが聞こえてしまったら兄として恥ずかしい。

「レイさん。あの、妹の茜音です。で、えっと……」

「初めまして。レイフォード・グラントです。お兄さんにはよくしていただいてます」

「あ、初めまして。兄がいつもお世話になってます」

ぺこりと頭を下げ、茜音はまじまじとレイフォードを見つめ、うんうんと何度も頷いた。

「なんでしょう?」

「いや、びっくりするほどイケメンだなぁって……あ、イケメンとかいうレベルじゃないですね。ねー?」

いきなり同意を求められ、苦笑しながら蒼唯は頷いた。なんにせよランチは三人分用意しなくてはならない。

「十五分くらいで出来ると思うから、向こうで待ってて」

「手伝う？」

「いいよ。運んで欲しいときに呼ぶから」

茜音は料理があまり得意ではないのだ。父親と暮らす家でも、通いの家政婦を雇っていて家事はほとんどしていないという。将来は料理の得意な男と結婚するのだと昔から公言していたくらいだ。

レイフォードとリビングに移動した茜音は、タウンリゾート霧里のプロジェクトについて聞きたがった。かなり前のめりなその様子に、蒼唯は少し首を傾《かし》げた。

確かに彼女はこの町が好きだったし、蒔乃屋にも愛情を抱いている。長男の義務として旅館業を考えている蒼唯よりも、もっと純粋に好きなように思える。そこを考慮しても、あまりに熱が入ってはいないだろうか。

（もしかしてレイさんに……）

茜音は常日頃から恋愛ごとに興味がないと主張しているが、彼女とて十七歳の少女だ。イケメン俳優の誰それが格好いいだとか可愛いだとか理想だとか騒いでいたりもする。見目よいレイフォードにときめくのはむしろ当然ではないだろうか。

盗むようにリビングの二人を見て、思いがけず蒼唯は打ちのめされた。

テーブルを挟んで話す彼らは一枚の絵のようで、とてもいい雰囲気に見える。物怖《ものお》じしな

い茜音は、初対面にもかかわらず積極的にレイフォードと言葉を交わしていて、ずっと前からの知り合いのようだった。

茜音は間違いなく美人だ。頭がよくて向上心があって社交的で、自分というものをしっかり持っていて、言うこともはっきりしている。レイフォードと並んでも見栄えするし、英語だって堪能だ。挨拶と簡単な英語くらいしかわからない蒼唯とは比べものにならなかった。

レイフォードが茜音に好意を寄せても不思議じゃないくらい、彼女は魅力的なのだ。兄の贔屓目《ひいきめ》を抜きにしてもそう思う。

(誰が見たって、それが普通な気がする)

だからって自分が不安に思うのはおこがましい。拒絶した自分にそんなことを思う権利なんかないのだ。

無意識に手を動かしていた蒼唯は、ぐらぐらと湯が沸いたことで我に返った。

パスタを茹《ゆ》でて、そのあいだに深さのあるフライパンで刻んだベーコンと野菜を炒《いた》めて味付けしていく。サラダはちぎって盛りつけるだけの簡単なものだ。

宣言した時間通りに出来上がり、盛りつけながら茜音を呼んだ。かつて住んでいた家だから、彼女はものがどこにあるか知っているしアシスタントはお手のものだ。手際よくカトラリーを並べたり運んだりしていく。このあたりは旅館での手伝いの賜物《たまもの》でもある。

テーブルには蒼唯たち兄妹が並んで座り、蒼唯の向かいにレイフォードが座る形となった。

「でも本当によかった。霧里駅が出来れば例の土地だって生きるわけでしょ？」

「うん」

「そういう話はしてないの？」

「一応してる」

蒔乃屋にはかつて購入した、いままではなんの使い道もなかった土地がある。霧里駅が出来れば、ちょうど駅前になる一等地だ。

蒼唯の継父――蒔野夏彦《なつひこ》は婿養子《むこようし》で、以前は蒔乃屋の従業員でもあった。優しい人で、蒼唯のことも大事にしてくれて、右肩下がりだった蒔乃屋の経営にも熱心だった。

このままではジリ貧だと考えていた夏彦は、知人が持ってきた「うまい話」に乗ってしまったのだ。武西線が霧里まで伸びる話が決定間近だから、正式に発表される前に駅前予定地を買わないかという話だった。

結果として五年前のその話は嘘で、蒔乃屋は使い道のない土地の代わりに借金を負った。その返済が滞り、この洋館を含む土地を手放さざるを得なくなったわけだ。

五年前のその件をきっかけに、夏彦は別居することになった。唯子が夏彦の顔を見るとヒステリックに泣き喚《わめ》くようになったせいだった。その際、迷うことなく茜音は父親についていったのだ。

「やっぱ五年前の計画通りに駅前ホテル？」

「でも、元手がね。駅が出来れば地価も上がるから、売るのも手だし」

「そしたらここ手放さなくても大丈夫だよね？　お父さんも戻って来やすくなるかな」

「……戻って来たがってるの？」

蒼唯にとっては意外なことだったが、茜音は呆《あき》れたように目を眇《すが》めた。

「当たり前じゃない。お父さんって、本気であの人のこと好きなんだよ。我が父ながら趣味悪っ、て思うけどね」

歯に衣《きぬ》着せぬもの言いは相変わらずだ。まったく容赦がない。この場に家族以外がいようともおかまいなしだった。

レイフォードは少し驚いていたようだが、デリケートな問題だと判断したのか黙々とパスタを口に運んでいる。先ほどから空気に徹しているという感じだった。

だがさすがにこれ以上は……と思った。

「茜音」

急に低い声で名を呼ばれた茜音は、ちらりとレイフォードに目をやった。そうしてさも不思議そうな顔をした。

「お母さんのこととか教えてないの？」

「いや、垣根越しにニアミスしたから、事情は説明してある。俺のことも含めて」

「ふぅん、だったらいいじゃん。で、あの人どんな反応だった？」

尋ねながらも、茜音は興味がなさそうだった。蒼唯とは別の意味で、茜音もまた唯子との親子関係が微妙なのだ。

茜音が幼い頃は、ごく普通の親子という感じだった。蒼唯との差も明確で、我が子としての愛情をわかりやすく注いでいたし、茜音もまた美しい母親が大好きだったはずだ。だが彼女が思春期を迎え、夏彦が仕事で失敗したあたりから親子関係はぎくしゃくしてしまった。

いまでは茜音は誰よりも唯子に対して厳しいし、唯子もまたあれほど可愛がっていた茜音を避けている。さすがの茜音も直接辛辣なことは言わないのだが、そういった感情は察しているからだろう。

「目が合って、即逃げた」

「驚かせてしまったからね」

ここでようやくレイフォードが口を開いたが、茜音は真顔で返した。

「気を使わなくていいです。驚いてなくてもあの人は逃げたと思うし。ほんと、あれでよく旅館の若女将なんてやってたよね。まぁお祖母《ばあ》ちゃんの後ろで必死で微笑《ほほえ》んでるだけの人だったけど」

辛辣に言い放ちながら、彼女はパスタをくるくると巻き付けている。すでに皿の中身は半分くらいに減っていた。

唯子はいまでこそ自分の殻に籠もっているが、それでも何年かは旅館の仕事をしていたのだ。美しい若女将として客からも人気があった。

「でも意外。レイさんみたいな人を見たら、むしろ食いついてくるかと思ってた」

「茜音、それは……」

「さすがにレイさんは若すぎるか」

「あのね」

まるで唯子がいい男と見れば飛びつく女性のようではないか。確かに彼女は誰かに縋《すが》っていたいタイプではあるだろうし、自己の確立さえも愛した男に左右されがちだ。だからといって誰でもいいわけではないだろう。いや、相手が自分を求めてこそ彼女は満たされるとも言える。

「わかってる。冗談よ」

「キツいんだよ茜音は」

「しょうがないじゃない。あたし、あの人に共感できないんだもん」

語調が強くなり、少し早口になった。これを皮切りに茜音は一気に捲《まく》し立てる。

「お父さんが失敗したときだって、さんざん泣いて喚いて罵《ののし》って顔見たくないとか言っといて、別居したら今度は捨てられたって抜け殻みたいになっちゃうとか、勝手すぎない？　お父さんが会いに来て説明しても聞く耳持たないし、ほかに女が出来たとか妄想するし、電話でも手紙でも駄目で、そのくせ音沙汰《おとさた》ないと泣くんでしょ？　ほんとに面倒くさい。医者にも行かないし」

これには蒼唯はなにも言えず、ただ曖昧な苦笑を浮かべるしかなかった。すべて事実だったからだ。

さすがにレイフォードは気まずそうだった。

「あ、ごめんなさいレイさん」

かなり軽い謝罪だが、彼女の本心ではあるのだろう。こんな話は愉快なものではないし、食事中なのだから。

だがレイフォードは少しも気を悪くしたふうもなかった。

「いや。口外はしないから安心して」

「ありがとう。まぁ近所中知ってるんですけどね。あ、もちろん父は浮気なんてしてませんので。もう残念なくらい、母一筋な人なんですよ。ね？」

「うん。心が広いというか辛抱強いというか……」

「経営能力はなかったけどね」

「こら」

しかしながらそこも否定出来なかった。能力がどうこうというよりは、経験不足と騙されやすさが問題だったのだが。

「ちなみに婿養子に入ったのも母と結婚したい一心で、蒔乃屋とかは関係ないんです。とにかくそのへん必死だったみたいで」

「え？　見合いなんだよね？」

蒼唯はそう聞いていたし、見合いもまた事実のはずだ。

一瞬黙った茜音は、信じられないとでもいうように溜め息をついた。

「お兄ちゃん、結婚のいきさつとか知らないの？」

「いきさつって、県議会だかなんだかの議員に紹介されて見合いしたんだろ？　名前忘れちゃったけど」

「表向きはそうなってるけど、違うよ。えー、なんで知らないの」

「そんなこと根掘り葉掘り聞かないし。そもそも母さんとはほとんど話さないし」

「いや、これはお父さん情報だよ」

「同じだよ」

両親のなれそめを積極的に聞こうとする息子《むすこ》は少数派ではないだろうか。娘のほうがそういうことは耳にしやすい気がする。まして夏彦は継父だ。良好な関係ではあったが、それとこれとは違うのだ。

「マジかぁ。あー、でもそんなものかもね。実はお父さん、自分から頼んで議員からの紹介って形に持ってってたんだって」

見合いの席が初対面かと思っていたが、そうではなかったらしい。

「なんでそんな」

「そしたら断りにくいから。うっかり好きになっちゃって、どうしても結婚したいって思ったらしいよ。もちろん事情も全部知った上で」

「え、えー……」

「ねー、ある意味怖いよね。あんな人畜無害そうな顔して、一歩間違ったらアレだよ」

茜音は大好きな父親に対しても容赦なかった。

夏彦は穏やかで人のよさそうな顔をした人だ。中身もそうだが、思ったよりずっと情熱的で行動的でもあるようだ。

感心していると、茜音は話し相手をレイフォードに変更していた。

「やっぱ男の人って、ああいう儚《はかな》げで弱々しい女の人が好きなんですか？　守ってあげたい、とか思うわけですか？」

「人によると思うよ」

問われたレイフォードはにっこりと笑った。無難な返しだ。

「そういう答えは求めてないです。わかってるんだろうけど」

「正直に言えば、儚げなのはいいけど依存されるのは困るかな。守ってあげたいのと、守らないといけないのは違うし」

「なるほど。確かにうちの母は依存してくるし守らないと駄目だわ。なんであんなに弱いんだろ。弱いっていうか、傷つきやすい思春期の少女って感じだよね。ちょっとしたことで、この世の終わりみたいな顔するし、悲劇のヒロインだし」

そういう茜音こそが思春期まっただなかなのだが、本人に自覚はないようだ。傷つきやすくない代わりに、いまだ反抗期なだけかもしれないが。

「茜音さん。一つ聞いていいかい？」

「さんはいらないです。どうぞ」

「ご両親はどこで知り合ったの？」

「あ、そうか、それ言ってなかった。それがね、もともとジョージとお父さんはちょっとした知り合いだったんだって」

「は？」

思ってもみなかったことを聞かされ、蒼唯は間の抜けた声しか出なかった。きっと顔も同様だろう。

レイフォードも興味を引かれたのが気配でわかった。

「ジョージが日本に来てた頃、お父さんはホテルでバイトしてたんだって。それで長期滞在してたジョージと知り合ったみたい」

「ホテル？　お父さんって実家、東京だよね」

「そうだよ」

一体どういうことなのか。ジョージは東京の大学に通っていたはずではなかったのか。

「ジョージって留学生じゃなかったの？」

「違うんじゃない？　お母さんはそう思ってたみたいだけど、だったらホテルに長期滞在しないよね？」

蒼唯も同じ考えだったし、隣に座るレイフォードもそうだろう。ますますジョージがあやしく思えてきた。

「え、ちょっと待って。お父さん、そのことお母さんに言ってないの？」

「言うわけないじゃん。留学生だったら『舞姫《まいひめ》』で、まだ愛があったかもって思えるけど、最初から夏だけの旅行で、っていうなら……ねぇ」

茜音は言葉を濁したが、素性を偽っていたならば弄ぶつもりだったということになるのだ。唯子が知ったら半狂乱になるかもしれない。いや、それですめばいいほうだ。

蒼唯は大きな溜め息をついた。

「どっちにしてもないよ。結果は同じだし」

「実は日本在住の社会人だったりして」

「嘘ついてたのは変わりないじゃん」

「まぁね」

ジョージの素性なんていまさらどうでもよかった。興味もない。蒼唯には実の父親なんて必要ないものなのだ。

「でね、お父さんにとっても、ジョージは戻ってこられちゃ困る相手なわけ。多分いまでもそう思ってる」

「えー?」

「実はあたしも、ジョージが戻ってきたらお母さんはそっち行くかも、って思ってる」

茜音曰《いわ》く、唯子は自分の感情より相手からのわかりやすい愛情のほうが重要なのだという。つまり愛されていることを実感していたいのだと。

似たようなことは蒼唯も考えたことがあったから、納得してしまった。

「ま、ジョージの連絡先って変わっちゃったから、いまさらどうにもならないけどね。名前がありきたりだから、相当お金かけないと探し出せそうもないし。日本で言えばスズキアキラさんくらいの名前なんでしょ」

知り合いだったとはいえ、付き合いはきわめて薄いものだったようだ。知っていたのは電話番号とメールアドレス、本名と国籍くらいなものだった。パスポートには出生地の記載もあったそうだが、夏彦にはジョージと積極的に連絡を取り合うつもりはなかったし、月日がたつうちに忘れてしまったという。

「お父さんも大概だと思ったけどね。ジョージのおかげで、お母さんはお母さんに出会ったわけでしょ。出会ったというか、一方的に見て好きになっちゃったわけだけど」

「その言い方はちょっと……」

「事実じゃん」

ジョージの帰国後に連絡があり、頼まれて霧里へ行った際に夏彦は唯子を見初《みそ》めたのだ。

たとえ事実としては同じでも言い方は大事だ。

「ってことは、ジョージって一応お母さんのこと気にしてたのか」

「じゃない？　そのときは妊娠したって知らなくて、お母さんの様子を報告したって言ってたけど、見合いねじ込んだこととか結婚したことは言ってないんだと思う。で、そのうち相手の番号とか変わっちゃった、と」

話は蒼唯が思っていたよりも複雑だったようだ。まさかジョージと夏彦に接点があったとは思わなかった。

「ちなみにジョージの国籍は？　お父さんから聞いてる？」

ずっと黙っていたレイフォードが口を開いた。

「イギリス人だった、ような」

「え、カナダ人じゃないの？」

「それは自称」

畳みかけるように認識が覆されていく。蒼唯は唯子から見た事実しか知らなかったのだ。

結婚前の話まで夏彦から聞き出すとはさすが茜音だと思った。

「なんで言ってくれなかったの？　っていうか自称って、やっぱりお母さんのこと騙す気満々だったんじゃないか」

「お兄ちゃんも知ってると思ってたんだもん。っていうか、ジョージの話なんてするの初めてじゃん。こっちだって多少気を使ってたんだよ？」

「それは……わかるけど。じゃあなんで今日は話したんだよ」

「もう大丈夫なのかなって思って。だってほら、レイさんと親しくしてるし」

「は？」

論理が飛躍しすぎていて、理解が追いつかない。おかげで素っ頓狂な声を出すはめになった。

「お兄ちゃんて、微妙に外国の人……っていうか、若い西洋系の男の人に苦手意識みたいのあったでしょ。それ克服したように見えたから、いいかなって」

茜音はにこにこ笑いながら、じっと蒼唯を見つめてくる。

思わずレイフォードの顔を見ると、彼は思案顔だったのを崩して「うん？」と問いかけてきた。

「なんでもないです」

いまのは完全にとぼけていたなと思ったが、この場でそれを口にするのは危険だろう。突っ込んだ話になったら、蒼唯とレイフォードの関係が茜音に知られてしまう。いや、もしかして茜音は気付いているのではないだろうか。
確かめる勇気はなかった。
目を逸らしてもそもそパスタを食べる蒼唯を、隣から茜音が上機嫌で見つめていた。

オレオール・リゾーツ・ジャパンからの正式な申し入れにより、蒔乃屋は全面的に今回のプロジェクトに乗ることになった。

といっても蒔乃屋としてはこれまでとそう大きく変わらない。大広間を改装してワンランク上の客室を二つばかり作る程度だ。この広間は元々客室だったところを昭和の頃に宴会が出来るように変えたものだが、さらに時代が移り変わって個人客中心になってから、ほとんど使わなくなっていたのだ。

歴史のある建物はプロジェクトのコンセプトから外れていないため、外観も手を加えないことになった。霧里宿で景観を揃えることに住民が同意したため、オレオールが資金面を補助し、外観あるいは通りに面した部分はレトロなものに揃えることで同意を得たのだ。これは数少ない一般住宅も同様だった。商売をしていない人の家よりも空き家や廃業店舗が多い問題は、補修してテナントを入れるということで進める方針だ。

新しい駅からタウンリゾート霧里までは約一キロ、その手前三百メートル弱が霧里宿だ。蒔乃屋は宿場の出口付近にあるのだが、かつてはまだ先にも続いていたらしい。大きな道路を通すために数軒が立ち退《の》き、蒔乃屋が端になってしまったという。今回のプロジェクトでは蒔乃屋の先にいくつもの建物を建設し、施設との繋がりを持たせるようになる予定だ。宿場町は日本家屋に擬洋風の洋館が混じるというレトロな街並みとなり、そのまま施設内の新たな建築物も揃えられる。本条家の屋敷もその一つとなる予定だった。

入場料はなく、サイクリングや釣りやジップラインなどのアクティビティは、それごとに料金が発生するが、買いものや食事や宿泊だけでも楽しめるよう作られるという。

「今週末も満室なんだって?」

「おかげさまで」

本当にこれはレイフォードのおかげだと言っていい。プロジェクトが発表されたおかげで、霧里宿は一躍脚光を浴びた。関東圏の人間にすらあまり知られていなかったのに、急に予約が入るようになったのだ。

「なかなかデートが出来なくなってしまったね」

「……デートはしたことないと思いますけど」

あれは視察であり、観光案内だ。蒼唯にとってデートというのは、付き合っている者同士が出かけることだった。

「蒼唯はつれないな。こんなに愛してるのに」

困ったように笑っているが、本当に困っているのは蒼唯のほうだ。

妹の前で兄を口説くのはやめて欲しい。茜音が空気を読んで一言も発しないのが、余計にいたたまれない。

茜音は思っていた以上に理解があるようで、レイフォードが蒼唯への気持ちを明かしても平然としていた。曰く、それは見ていてわかったらしい。

「早くデートが出来るように、一日も早く口説き落とさなきゃね」

「…………」

「あっ、始まった！」

ぴったりとくっついて座る茜音は、テレビの画面が切り替わった途端に声を弾ませた。同性に口説かれている兄が隣にいるのに、彼女はあくまでもマイペースを貫いている。

テレビの正面を茜音が陣取って譲らないのは、これから始まる特集コーナーのせいだった。

茜音はとっくに学校が始まっているが、毎週末ここに戻って来るようになった。金曜日に学校が終わると直行し、日曜日の夕方に帰っていくのだ。

リビングでは情報番組が流れていて、先ほど目当てのコーナーが始まったところだった。

「いま注目の霧里宿」の特集だ。

「あー、最初は武西線のことからか」

まずは先日発表された武西線の延伸に、新たな駅が誕生することが紹介される。すでにさんざん報じられたことなので、一応最初に「皆さん、もうご存じかと思いますが」などという言葉が入った。そして足並みを揃えて誕生する大型施設により、関東圏の者でも存在を知らなかった霧里は一気に注目エリアに……という感じの説明だった。まったくもってその通りだ。

次いで霧里にはかつて宿場町があったことに触れ始めた。ざっと歴史的な部分を紹介し、

レトロな建築が集中しているあたりを上手く映して「歴史を感じさせる街並みが素敵ですね」などとリポーターが空々しいことを言っていた。

「これ見て来たらがっかりしない？」

「するかも」

実際の霧里宿は歯抜けの状態だ。レトロな建物もあるが、モルタル壁の一軒家やトタン板が壁となっている建物もある。

番組は上手《じょうず》にそういった建物を避けて映し、霧里宿にある甘味処《かんみどころ》——実際には普通の喫茶店——と写真館を紹介した。そしていよいよ蒔乃屋の外観が映った。

「来たっ！」

茜音が異様にうきうきしているのには理由がある。

創業百五十年の老舗《しにせ》旅館と紹介したリポーターが玄関をくぐると、着物姿の静恵と茜音が映し出された。

取材が入ったのは、茜音が家に戻ってきて三日目のことだった。それを知った彼女は、いかにも旅館の娘として手伝っています、というような顔で静恵の横に並んだのだ。もちろん事前に祖母と交渉してのことだ。曰く、母・唯子の代わりらしい。

茶道教室に通っている茜音は着物にも慣れていて、しっくりと馴染んでいる。客観的に見ても人形のような美少女っぷりだった。

「うーん、リップの色がイマイチ。なんか顔色悪く見えない？」

「そんなことはないよ。とても綺麗だ」

蒼唯より先にレイフォードは否定した。同意見だったので頷いておいたが、なんだかモヤモヤとしたものは残った。

リポーターは茜音がまだ高校生であることに触れ、将来の美人若女将だとテンション高く紹介した。温泉と庭も映していたが、茜音よりも映った時間は短かった。

「えー、これだけ？　あんなに撮ってたのにー」

その後は近くに城跡があることや、タウンリゾートの構想について話は移っていき、特集は終わった。

「よしよし、なかなかの反響。わーい、めっちゃ可愛いだって！　美人すぎる若女将？　うん、知ってる。高校生若女将、ってなに。お、泊まりに行きたいって⁉　本当だな？　絶対来いよ！」

茜音はいつの間にかスマホを手にしていた。ＳＮＳで反響をチェックしているらしく、非情に満足そうだ。

なるほど、これも目的だったらしい。レイフォードと目を合わせ、互いに無言のまま苦笑する。自分の容姿が優れていることを自覚し、それを強《したた》かに利用する彼女には感心するやら呆れるやらだ。蒼唯には絶対に思いつかないことだった。

「ねぇ、ちょっとうちのサイトのアクセス数チェックしてみて」

「自分でやれば」

「いまこっちのチェックで忙しいの」

兄を顎《あご》で使うのはいまに始まったことではなかった。それこそ彼女が幼稚園児の頃からこうだったのだ。

小さく嘆息して言われた通りにすると、蒔乃屋のホームページのサーバーはダウンしてしまっていた。アクセスが集中して落ちてしまったようだ。

「落ちてる」

「さすが全国ネット。あ、うちのアフタヌーンティーのことも話題に上がってる」

これには蒼唯も大きく反応してしまった。

先日からこの洋館を使い、蒼唯は週末に一日一組限定でアフタヌーンティーの提供を始めた。といってもまだ二日間しかやっていないので、当然客は二組で計五人のみなのだが、その五人がそれぞれブログやSNSで熱く語ったり紹介したりしてくれたため、それを目にした人も多いようだった。おそらく「霧里」というワードで引っかかるのだろうが、いまはきっと「蒔乃屋」で検索した人たちが見ているのだ。

いつかはという話はしていたが、それを知った茜音はすぐさま静恵に交渉し、許可を得た後、蒼唯と具体的な話を詰めた。学校があるから週末のみで、慣れないうちは一組四名までと決まると、ホームページにその旨を載せ、自身と知人のSNSを駆使してあっという間に予約を取ったのだ。

一人では大変だろうと茜音が手伝ってくれたのだが、その際に身に着けたのがクラシカルなメイド服——をイメージしたものだったので、それも大いに受けた。急ごしらえだったので、喪服用のワンピースに白い付け襟《えり》を付けてペチコートでスカートを膨らませ、フリル付きのエプロンをしただけだったのだが、かなりそれっぽく見えていたとは思う。

ちなみにメイド役の茜音は撮影に応じていたし、それを掲載することも許可していたが、蒼唯は掲載は勘弁してもらった。

「洋館とか料理の写真も評判いいよ。それと、調理担当の美少年が見たい、って人が結構いるかな」

「……そう」

美少年とは一体、と現実逃避をしかけたが、それが蒼唯を指すことは知っていた。イケメンとは書いてくれないことに少し悲しくなった。

「いいじゃん。こないだ来てくれた人たち、来月また予約入れてくれてるし、美味《おい》しいって言ってくれたわけでしょ？　約束守って、お兄ちゃんの写真は載せなかったし」

「確かに写真はなかったけど……」

「ま、美少年とか可愛いとか、さんざん書いてたけどね」

ちらりと茜音のスマートフォンを覗き込み、蒼唯は溜め息をついた。

テレビを見た者たちが、アフタヌーンティーの客のブログやSNSに辿《たど》り着き、「美少女女将」のメイド姿に悶絶《もんぜつ》しているのは別にいい。だが蒼唯の話題となれば話は別だ。

「だから出て行きたくなかったのに……」

「しょうがないじゃん。席からキッチン見えるんだし、直接感想言いたいって言われたら断れないじゃん」

「……はぁ」

ブログでは、かなりテンション高く褒《ほ》められた。「洋館目当てで行ったら美少女と美少年が出てきて目的を見失った」らしいが、「美人兄妹を眺めながらレトロな洋館で一組だけのアフタヌーンティーってやっぱり最高だった」ので「リピ決定」だったようだ。実際、帰りがけに予約を入れていってくれた。

「確かに美人兄妹だね」

「レイさんに言われると、微妙な気持ち」

茜音は頬に手を添え、溜め息をつく。どこか芝居がかって見えるのは気のせいではないだろう。

「なぜ?」

「だって、レイさんのキラキラ感と比べたら、あたしたちなんて……ね?」

「いや、そもそもなんで美人姉妹みたいな言われ方してるのかわからないんだけど……」

どう考えても使われている言葉がおかしいだろうと蒼唯は眉根《まゆね》を寄せる。なぜイケメン兄と美人妹ではないのか。

そこまで考えて、自分でも気恥ずかしくなった。自分でイケメンがどうのというのも微妙だし、十九年の人生でその言葉をもらったことはきわめて少なかったからだ。昔から容姿は褒められてきたが、その際には「可愛い」が一番多く、次は「綺麗」だった。「美人」だと言われたことも何回かあった。

蒼唯はちらりとレイフォードを盗み見る。

彼は誰よりも蒼唯に対して「可愛い」と言う人だった。かなり頻繁に言うし、「綺麗」だの「素敵」だのと口にする。正直なところ、戸惑うばかりだ。嬉《うれ》しいという気持ちもないではないが、やはり困惑のほうが先に立つ。特に「素敵だ」なんて言われた日には、うろうろと目が泳いでしまう。

蒼唯は男性が「素敵」という言葉を口にするのを、あまり聞いたことがなかった。日本人とは感覚が違うせいなのか、レイフォードはさらりと言うのだが。

（特別……とかも言うし……）

レイフォードは言葉を惜しまない人だった。そのあたりの感覚が蒼唯とは違い過ぎて、いたたまれない気分になることもしばしばだ。かといって軽く聞こえたりしないのは、見つめる目の熱さと言い方のせいだろう。

「どうしたの、蒼唯」

「な……なんでもない」

「そう？　あ、もう時間になるね。じゃあ、僕はそろそろ」

「はい」

「また後でー」

レイフォードがタブレットを手に二階へ行くと、二人で手分けしてアフタヌーンティーの客を迎える準備をする。時間は二時から、約二時間だ。

サンルームに運び込んだテーブルセットは普段自分たちが食事をしているものだ。これ自体が年代もので、真っ白いクロスをかけて小さな花を飾ると途端に雰囲気が出る。ここに並べる食器類も、すべて家にあった古いものだ。三段トレイだけはさすがに買い足したが。

「今日は四人だよね。やっとワゴンの出番だ」

これもまた、蒔乃屋の物置に眠っていたものだ。かつて洋館の客室を使っていたときに活躍していたものらしい。

「あ、そうだ。いま言うことじゃないかもだけど、あたしの晩ご飯はいいからね」

「どうするの？」

「あっちで用意してくれると思う。ほら、なんたって若女将ですからぁ」

ふふんと胸を張る茜音は嬉しそうだ。

ああいう形でテレビに出たので、なかには期待する客もいるかもしれないと、彼女はこちらに滞在中はなるべく客の前に出ることにしたらしい。もちろん着物に着替え、祖母の後ろにつく形だが。

「じゃ」

メイド服に着替えるため、茜音は二階へ上がっていった。

この洋館は週末になると三人の人間が寝泊まりするようになっていた。茜音だけでなくレイフォードも少し前からこちらに泊まるようになったからだ。

平日はともかく週末は蒔乃屋の予約も埋まってしまう。一時的なものだろうが、とにかくキャンセル待ちも出る状態なのだ。そんなときに自分が部屋を使うのはもったいないと言って、レイフォードは蒔乃屋に宿泊するのをやめた。それでも東京の自宅から通ってこようとするので、静恵が洋館に泊まればいいと言い出したのだった。

ちなみに宿泊料は取っていない。孫の友人が泊まりに来ているだけだと、静恵が言い切ったためだ。

レイフォードは蒼唯の意見を聞きたがったが、それには曖昧に答えて静恵の決定に従う形にした。自分でもどうしたいのか、よくわからなかったからだ。

一緒にはいたい。けれど、近すぎると困惑してしまう。そんな状態がもうずっと続いている。

「全部いいほうに向かってるし……」

影を落とすような兆しはまったく見えないのだ。町は活気に満ちあふれ、すでにプロジェクトは動き出している。十月に入るなりゴルフ場には重機が入り、新しい建設の準備が進められているし、宿場町ではリノベーションやリフォームが始まっていた。

蒼唯が白いシャツと黒いパンツに着替えてエプロンをしていると、茜音が階段を駆け下りてきた。長いスカートを穿《は》いているとは思えない勢いに蒼唯はたじろいだ。

「お父さんが！」

「えっ？」

夏彦になにかあったのかと緊張した途端、茜音は手にしたスマートフォンを突きだしてきた。

さっと文章に目を通し、ほっと息をつく。

唯子の様子を見つつ、どこかで一度霧里に顔を出したい……という趣旨のメッセージだった。まだ可能性を示唆した程度のものだったが。

「やっとその気になったみたい。はーやれやれ、世話が焼ける」

「説得してたんだ？」

「一応ね。まったく、我が父ながらヘタレ過ぎるよね。よっぽど例の土地が負い目だったたみたい。ほんと、レイさんに大感謝だよ」

「……うん。ここも残せるし」

「そうそう」

結局あの土地は、オレオール・リゾーツ・ジャパンに買い上げてもらうことになった。それによって無事、蒔乃屋の借金はなくなったのだ。

駅前には低層のビルが建てられ、タウンリゾート霧里の案内所やショップ、カフェレストランが作られる。その上はゲストハウスになっていて、宿泊も可能になるという。ドミトリーもあるが個室が中心になるそうだ。

この界隈《かいわい》は圧倒的に宿泊施設が少ないため、たとえ新しい施設内に宿泊可能なキャンプ場があっても需要はまだあるだろう。

「あの二人、上手くいくかな」

「お祖母ちゃんが言うには、最近は落ち着いてきてるみたい。お父さんの話をしても、荒れないらしいよ」

おそらく蒔乃屋の抱えた負債がなくなったことで、唯子の精神状態も落ち着いたのだろう。彼女が直接負債の件を気にしていたというより、敷地の一部を失わなくてすむといったことや、活気に満ちた前向きな雰囲気がよい方向へと作用したのだ。

「そっか。茜音は会わないの？」

「知ってるでしょ。顔見たら、きっついこと言いたくなるんだもん。あっちもわかってるから、会いたくないだろうし。お兄ちゃんこそどうなの」

「俺は黒歴史の象徴だからなぁ」

「あの人が勝手に認定した歴史なんて気にすることないよ。どうせ精神状態であたしたちへの感情だって変わってくるんだから」

「まぁね」

同意しつつも、いまさらそう改善されないだろうなと思った。夏彦との関係が修復したとしても、彼女は茜音の顔色を窺《うかが》い続けるだろうし、蒼唯のことはこれまでと同様に視界に入れないはずだ。

それでも幼い頃は母親の役割を果たしていたのだから、彼女なりに頑張ったわけだ。成人を目前にしたいまでは、もうその必要もないと思っているのだろうが。

「あ、そうだ。これ今日の」

「りょーかいです」

蒼唯が渡したメモには、本日のメニューに関することが書いてある。サンドイッチの具とパンの種類、キッシュの具とスコーンに添えるジャム、あるいは数種類の菓子類の名前や使った素材。

彼女はそれらを覚え、客に説明しなくてはならない。

ぶつぶつと暗記している茜音の横で、蒼唯は仕上げの作業を始めた。

今日の客は、ずいぶんといろいろな情報を仕入れてきたらしかった。正確に言えば、四人のうちの一人が。

「オレオール・リゾーツの方って、いまでもこちらに来てるんですか？」

二十代なかばと思われるその女性は、どうやら外資系の保険会社に勤めているらしい。聞きもしないのに、茜音を呼び止めて話し込み、自らそう言ったのだ。なんでも三ヵ国語を操る高収入の才女のようだ。

ほかの三人はいくぶん気まずそうだった。明らかに一人だけ、輪から浮いている印象が拭《ぬぐ》えない。

（そう言えば、最初は三人で予約入ってたんだっけ）

それが一昨日になって、人数の変更を伝えてきたのだ。もちろん問題はない。四人までは大丈夫なのだし、準備にも支障はなかった。

察するに、当初の予約客三人と外資系の彼女は、それほど親しくはないのだろう。職場は違うようだし、趣味嗜好《しこう》が違うらしいことは身なりや雰囲気からも明らかだ。三人は似たものを感じるが、一人だけまったく違う。

（ねじ込んだ系かな）

茜音によると、予約した彼女は自身のSNSで今日のことを呟いていたそうだ。予約が取れた、楽しみ……と。それを見て、普段はそれほど親しくない外資系の彼女が同行を迫ったというパターンかもしれない。

あくまで想像だが、ありそうだと思った。

キッチンで紅茶のおかわりを淹《い》れながら、蒼唯は聞こえてくる話し声に溜め息をついた。

おそらく外資系彼女が興味を抱いているのは洋館でもアフタヌーンティーでも、ましてスタッフの自分たちでもなく、レイフォードなのだろう。

オレオール・リゾーツ・ジャパンの若きプロジェクトリーダーが蒔乃屋に長く投宿していたことは、この界隈の者ならば誰でも知っていた。それくらい目立つ男なのだから少しも不思議ではない。そして霧里がメディアに取り上げられるようになり、公の場にレイフォードが出るようになると、当然のことながら彼は話題になった。グローバル企業の御曹司にして、あれだけの美貌を誇るのだ。メディアだけではなく、素人《しろうと》も彼についての情報を発信するようになり、霧里とは関係のない女性たちから熱い視線を浴びている。

きっと客の彼女も、そのうちの一人なのだ。

「会ったこと、あるんでしょ？」

「そうですね」

「どんな人？　日本語ぺらぺらって本当？」

「ええ」

茜音は仕方なく質問に答えている。もちろん差し支えがない範囲でのみ答えるつもりなのだろう。

「今度はいつ来るか知ってる？」

「いいえ、存じません。いろいろとお忙しそうですし」

茜音は神妙な顔で、もっともらしいことを言った。真上にいますよなんて、当然教えるはずがない。

町の人もすでに旅館に泊まっていないのは知っているのだ。レイフォードの車は目立たないところに停めてあるし、さすがに洋館に滞在しているとは思わないらしい。いつの間にか来て帰る人だと認識しているに違いなかった。

「ねぇ、ちょっと噂聞いちゃったんだけど」

淡々と答えている茜音をよそに、外資系彼女は一人でテンションを上げた。

「なんでしょう」

「レイフォード・グラントが長いこと泊まってたのは、あなたが目当てって本当？」

「とんでもない」

茜音は食い気味に否定し、苦笑しながらかぶりを振った。

「でもそういう話を聞くけど?」

「事実無根です。私が霧里に戻ってくるより前に、グラントさんはいらしてたんですよ。むしろ入れ違いです」

聞くつもりもなかったのに全部聞こえてしまうのは困りものだ。溜め息を飲み込み、蒼唯はチリンとベルを鳴らした。

紅茶を取りに来た茜音は、蒼唯と目を合わせてこっそりしかめ面《つら》をした。そろそろあの客の相手をするのが嫌になっているようだ。

それでも完璧な営業スマイルで、ポットと砂時計を運んでいく。

しばらく出番がなさそうなので、その場に座り込んだ。そうすれば死角になって、サンルームからこちらは見えなくなる。

「噂、ね……」

蒼唯も耳にしたことがあった。

断片的な情報を繋ぎ合わせた結果の噂なのだろうが、地元でもそれを信じている人は多いようだった。

茜音が若女将見習いとして客の前やメディアに出ているせいか、すっかり蒼唯の存在感は薄くなっている。レイフォードに同行していたのが兄のほうだという認識が、妹へとすり替わってしまった人もいるらしい。

蒼唯がキッチンの床で悶々としているうちに、二時間きっちりで客は引き上げていった。気がついたら茜音が会計をすませて送り出していたのだ。

ちなみに洋館で蒔乃屋のケータリングを提供している、という形にしているため、洋館そのものは営業許可を取っていない。

「お兄ちゃん。パティシエは別の用事があって退出しました、って言っておいたから」

「あ……ごめん」

「いいけど、なに黄昏《たそが》れてたの？」

茜音はカウンター越しに覗き込んできた。

「別に」

「どうせレイさんのことでしょ。あ、わかってるなら聞くなって言いたそうな顔してる」

昔から茜音に隠しごとは出来なかった。蒼唯がわかりやすいというのもあるし、彼女が機微に聡《さと》いというのもあるだろう。いずれにしても、よく言われたのは「どちらが年長かわからない」とか「兄妹じゃなく姉弟では？」とかいった言葉だった。

「お兄ちゃん、紅茶淹れて。ロイヤルミルクティーね。なんか今日、疲れちゃった」

「いいよ、待ってて」

蒼唯は茜音のリクエストに応じて小鍋を出した。確かにあの客の相手は疲れたことだろう。

まるでゴシップ誌の記者かというほど、根掘り葉掘り聞いていたし、なによりあのテンションは他人を疲れさせる。

「あのわけわかんない噂、マジで迷惑なんですけど！　噂拾ってくる外の人とかは仕方ないなって部分はあるけど、霧里宿の人たちってどうなの？　レイさんがうちに泊まってるのなんて、あたしが戻って来るより前からじゃん。よく考えなくても、わかるはずじゃん！　っていうか、噂先行させてどーにかしようとしてない？」

茜音はぷりぷりと怒っている。顔立ちのせいか可愛いというよりもすごみが出てしまうのだが、兄から見ればやはり可愛らしいと思う。

「すごいな、茜音。あのレイさんと噂になって迷惑がるとか」

「お兄ちゃんの彼氏と噂になって嬉しいわけないじゃん」

「彼氏じゃないし」

拗《す》ねたようなもの言いになってしまった。相手が茜音じゃなかったら、頭を抱えて蹲《うずくま》っていたほど恥ずかしい。

茜音はやれやれと溜め息をついた。

「まだ、でしょ。でもなんかもう、ほとんど付き合ってるようなものだよね？　レイさんのこと好きなんでしょ？　向こうだって、それわかってて待ってくれてるんだよ」

「それは……」

「あーだこーだ言う気はないから、自分で覚悟決めちゃうかレイさんと話しあうかしてね。あんまり長く引っ張るのは失礼だよ」

「……うん」

茜音の言うことはもっともだった。

煮出して作ったロイヤルミルクティーをカップに入れて出すと、茜音はそれを大事そうに持って二階へ向かう。自室でゆっくりと読書をしながら飲むようだ。とはいえ、さほど時間はない。着物に着替え、六時には旅館にいなくてはならないからだ。

入れ替わるようにして、レイフォードが下りてきた。茜音が声をかけたのだろう。

「今日は外へ行かないか？　たまには外食しよう」

ここ最近、ずっと蒼唯が作ってここで食べていたのだ。蒼唯を気遣ってのことかもしれないし、茜音がいないから久しぶりに二人で出かけたいのかもしれない。そう言えばプロジェクトが発表されてから、二人で食事に行っていなかった。

だが蒼唯はすぐに返事をしなかった。

「どうかしたの？」

「……茜音から聞きました？」

もやもやとしたこの気持ちのまま、二人で食事に行くことは出来ないと思った。茜音にも言われたように、ちゃんと決着をつけなくてはならない。

気持ちはまだ固まっていない。けれど話しているうちに形になることもあるのではないか。そう思った。

「なにを？」

「さっきのお客さんも、レイさんの目的は茜音だと思ってたみたいです。地元でも、そういう雰囲気ですよね」

「タイミングだろうね。彼女、いままではあまり帰ってこなかったんだろ？」

「俺のほうが一緒にいたけど、やっぱり男だからそういう話にはならないんですよ。当たり前だけど」

だからといって町の人たちも本気でレイフォードと茜音が恋仲だと信じているわけではないはずだ。そうだったらいい、という程度の盛り上がりで、自分たちの町からシンデレラが出ることを期待しているに過ぎない。

レイフォードの立場はそれだけ憧憬に値するものだということだ。

そんな彼に、蒼唯が相応《ふさわ》しいとはどうしても思えなかった。実家にはなんの力もないし、特別な才能があるわけでもない。まして男の身ではマイナスにしかならないだろう。レイフォードのパートナーになるなど許されるはずもないのだ。

そんな当たり前のことに打ちのめされた。

レイフォードのことは好きだ。一緒にいられたらとも思う。けれど、好きという感情だけでは目の前の壁を崩せなかった。

男だから。当たり前だけど。と自分で言って傷つく彼は、まるでそう言い聞かせているように見えた。

そんな彼に、レイフォードはあえてからかうように言った。

「拗ねてるの?」

「違っ……」

「ごめんね。そうだったら嬉しいなと思って」

これは紛れもない本心だ。蒼唯から否定の言葉はなく、ただ俯いただけだったが、レイフォードの内には歓喜が広がっていた。

一人で喜んでいるだけではいけないことはわかっていた。

蒼唯とレイフォードのあいだには、大きな認識の違いがあるのだ。それを一つ一つ吐き出させ、納得してもらうことが必要だろう。

少しの沈黙の後、蒼唯は口を開いた。

「多分レイさんって、ずっと日本にいるわけじゃないですよね。きっと将来的にはいろんな国に行って、仕事するんだと思う」

「まぁ、そうだね」

「俺は蒔乃屋を継がなきゃいけないし、母と祖母を放ってはおけないです。だから、レイさんについていくことはできません」

いまはまだ静恵も元気だが、ずっとそうだとは限らないし、唯子は一人で生きていけない人だ。彼女の夫が戻って来る可能性もあるようだが、まだどうなるかはわからないし、蒔乃屋の跡継ぎが蒼唯なのは変わらないことだった。

だがそれらを蒼唯一人が背負う必要はない。これがレイフォードの考えだ。

「どう考えても、ずっと一緒にいるのは無理です」

「僕はそうは思わないよ」

やんわりと否定すると、キッと睨《にら》むような目を返された。どうしてわかってくれないんだと、その目は訴えている。

「立場とか親兄弟とか……いろいろ考えなきゃいけないことがあるじゃないですか」

「……うん、とりあえず待ってても駄目そうなことはわかった」

連ねる言葉は、どれもレイフォードとの将来を悲観してのことだ。悲観するということは、その前提としての気持ちがあるということでもある。

彼の態度や視線で、とっくにわかっていたことだけれども。

笑顔を引っ込めて真顔になったレイフォードに、蒼唯はびくりと身をすくめた。

そんな彼に逃げる間を与えず、ひょいと肩に担ぎ上げた。細身に見られるレイフォードだが、鍛えた身体にはそれなりの厚みがあるし肩も同様だ。だが腹に体重がかかれば苦しさは生じるはずだ。

「ちょっとだけ我慢してね」

「レイさんっ」

「場所を変えるから」

レイフォードはすたすたと歩き、蒼唯には靴も履かせないまま外へ出て駐車場へと向かった。

「行ってらっしゃーい」

暢気な声が降ってくる。振り返ると、二階の窓からカップを手にした茜音が手を振っていた。満面の笑みだ。

「説得が終わるまで帰さないつもりだから」

「出来れば明日の予約に間に合うようによろしくお願いしますねー」

「最大限努力するよ」

「無理そうなら、早めに連絡してください。パティシエの体調不良ってことで、スコーンとかの焼き菓子で乗り切りますから」

三段トレイでのアフタヌーンティーは無理だが、洋館での紅茶と菓子の提供は可能だということだ。もちろん事前に連絡し、客の了解を得られれば……だろうが。

「頼もしいな」

「ちょっ……」

「あたしにも、いろいろあるんで」

たっぷりとなにかを含んだ笑顔は可愛げの欠片《かけら》もないが、とても清々《すがすが》しいものだった。この手合いが味方でよかったと思う。

薄く笑うレイフォードの肩で、蒼唯は一人焦っていた。

「茜音っ」

「後はあたしに任せて」

ぐっと拳を突き出す彼女の雄々《おお》しさに、ようやく蒼唯は黙り込んだ。

その後の抵抗はさらにささやかなものになった。レイフォードは助手席に蒼唯を押し込むと、シートベルトをカチリと締めて、なかば茫然《ぼうぜん》としている彼の髪を撫《な》でた。

茜音のあれは、なんだったのか。

頼もしいと言えばそうだが、一方でしてやられたという印象もある。唖然《あぜん》としてしまったくらいに妹の笑顔は黒く、蒼唯は家に戻ろうという気力を奪われた。そうこうしているうちに車は霧里を離れていた。

行き先に気付いたのは、車が高速道路に入ったときだ。まさかと思ってレイフォードを見たら、あっさりと「僕のマンション」だと言ったのだ。

都心の一等地にあるマンションは、まさに別世界だった。近くには大使館も多く、表通りは道幅が広くて賑《にぎ》やかだ。飲食や物販問わず有名な店が建ち並び、夜になっても華やかで、かつ洗練されていた。

外はもう真っ暗だ。ずいぶんと日が短くなったものだと思う。街路樹の色づきはまだだが、都心部でも確実に秋の雰囲気になっていた。

コンシェルジュのいるマンションなんて、本当に別世界だった。蒼唯は俯いて、レイフォードの陰に隠れるようにしてエントランスを通過した。

ちなみに靴は、車に乗せてあるレイフォードのスニーカーを借りた。当然サイズは合わないが、紐《ひも》をぎゅっと締めたら歩く程度のことは問題なかった。

ただしレイフォードの持ちものはスニーカー一つ取っても高級品で、素材はレザーだったし蒼唯でも知ってるブランド名が入っていた。出会った日に履いていたのとはまた別のものだ。価格を考えたときは手が震えたが、コンシェルジュのほうがインパクトがあって足下のことは吹き飛んでしまった。

静かな内廊下を進み、ようやく部屋に到着したときは安堵《あんど》の息が漏れた。

一ＬＤＫだというが玄関もリビングも広く、ほとんど帰ってこないことを考えたらもったいないほどだった。

促されてソファに座った蒼唯は、すぐさまレイフォードに詰め寄られた。寛《くつろ》ぐような状況ではないが、それにしても性急だった。

「まず、確かめさせてね」

「な……なにを……」

「さっき君が言ったこと」

一体どれのことかと目を泳がせているうち、ソファの背もたれに手を突かれた。ゆっくりとした動きだったが、逃がさないという意思表示のようにも感じられた。

「僕の手を取れない理由のようなものは、君の本当の気持ち？」

「そ、そうです」

「ふぅん。つまり、男だから無理。ついていきたいけど無理。蒔乃屋を継がなきゃいけないから、無理。後は……」

「とにかく、ちゃんと断りました……！」

「そこは置いておいて」

「えっ？」

面食らった。どう考えてもそこが肝心な部分であって、置いておくようなことではないのに、レイフォードは違うらしい。

蒼唯としては、拒否したつもりだった。レイフォードを振るなんておこがましいにもほどがあると思っているが、受け入れることは出来なかった。

どう考えたって相応しくないし、自分たちを取り巻く事情は無視できない。

なのにレイフォードは場違いなほど嬉しそうに笑うのだ。

「男だけど、ついていきたいけど、家のことがあるけど……っていうのは、つまり僕が好きだし本当はずっと一緒にいたいのに……ってことでしょう？」

「そ……それは……」

「ねぇ、蒼唯。僕と君がいる世界は一緒だよ」

レイフォードは言い聞かせるように、ゆっくりとそう言った。

そんなはずはなかった。レイフォードの世界は、彼が住むこの町のように華やかで洗練されていて、触れることは出来ても入り込んでいくことはとても難しいはずだ。

溜め息をついて蒼唯はかぶりを振る。

「違います」

「違わないよ。確かに僕の父は社会的な地位が高いかもしれない。母方の実家も資産家だし、僕がいる会社もまぁ、それなりに大きなものを作ってる。でも僕は君が思っているよりもずっと身軽なんだよ」

身軽というのは、背負うものがあまりないということだろうか。意味を問うように見つめると、レイフォードはにっこりと笑った。

「そうは思えないですけど」

「うーん、仕事ではいろいろ背負っているけど、それは社会人として当然だよね。でもプライベートは自由なんだよ。グラント家はそういう方針というか、家風としてそうなんだ。たとえば二番目の兄には同性のパートナーがいるし、それを隠していない。親も兄弟たちも容認してるしね」

「え……」

「性別は障害にならないって、理解してくれた?」

確かに前例があるのならばレイフォードがグラント家で肩身の狭い思いをすることはないのだろう。だが問題はそれだけではないのだ。

「で、でも俺は普通の家の……歴史だけはあるけど小さい旅館の子で……学歴だって……」

「一番上の兄の妻は天涯孤独の元カフェ店員で、ハイスクールは中退してる。いまは専業主婦だよ。だからバックグラウンドも障害にならない」

「………」

「君は普通というけど、百五十年も続いてるっていうのはすごいことだよ。オレオールもホテルを持っているから、よくわかる。うちはまだ、たったの三十五年だ」

むしろ創業百五十年の宿だと知ったら、ティモシー・グラントなる人物は目を輝かせるはず、とレイフォードは笑った。

曖昧な返事をしながら、蒼唯は別のところが気になってしまった。たった三十五年で現在の規模になったことが驚きだった。

レイフォードの父親はとんでもない人のようだ。

「僕の父親は、伝統だとか歴史のあるものが好きなんだ」

言葉が出てこなかった。蒼唯が気に病んでいたことは、すべて問題ないのだと言われてしまったのだ。

「母は僕がなにをしようと気にしない人だし、祖母もリベラルな人だから大丈夫だよ。祖父が生きていたら、隠す必要があったかもしれないけどね。ああ、父方の祖父母ももう亡くなってる」

「か、会社での立場とか……結婚しないと駄目とか、ないの……?」

「LGBTに関してのコンプライアンスも、オレオールは徹底されているよ。カミングアウトしている社員も少なくないしね」

「コンプライアンス……カミングアウト……」

「上司が見合いを勧めてくるなんていう慣習もない。もちろんグラント家は政略結婚なんていうものも強要されないよ。僕は自分が人生をともにしたい人を……君を選ぶし、誰にも邪魔させせない」

レイフォードはまっすぐな目で手を差し出した。

蒼唯が気にしていたことなんて些細《ささい》なことだと彼は言う。なのに彼は笑ったり馬鹿にしたりせず、ちゃんと向き合ってくれた。

（やっぱり、好きだなぁ……）

こういうところも惹《ひ》かれた一因だ。一緒に歩んでいきたいと、強く思った。

その手のひらを見て、蒼唯は意を決してレイフォードを見つめ返す。

「あの……俺の世界って、すごく小さいです」

家族と霧里と、せいぜい学校の範囲しか蒼唯は知らない。社会に出たこともないし、海外どころか東京にだってたまにしか出ない。コミュニケーションの取り方も上手くないから人間関係も希薄で、愛想笑いすら下手くそだ。

「うん」

「だから、きっとレイさんから見たら取るに足らないことに引っかかったり、逆に鈍くて呆れるかもしれないです」

「そういうことは、一緒に解決していこう。僕も気がついたら言うから、君も溜め込んで自己完結しないで」

「……はい」

自分の尺度で決めつけ、諦めていたのが恥ずかしくなる。レイフォードはきちんと話を聞き、答えをくれる人なのだ。わからないことも、きっと一緒に答えを探してくれる。

手を取っていいのだろうか。自分の気持ちに、正直に従っても許されるのだろうか。蒔乃屋や祖母や母のことは――。

「うちの、こと……一緒に考えてくれる？」

「もちろん」

「本当に俺でいいの？」

「君がいいんだよ」

ためらいがちに手を伸ばしていくと、触れる寸前で力強く握られた。そのまま引っ張られるようにして、蒼唯はレイフォードの腕のなかに飛び込むことになった。

きつく抱きしめられ、目を閉じた。

「どういう形にするかは、ゆっくり話しあおう。でも一生そばにいることは約束して」

「レイさんがいらないって言うまで、いるよ」

「それはずっと、ってことだね。蒼唯、いまから君をもらってもいい？」

意味がわからないほど鈍くもなければ、初心《うぶ》でもない。いや、経験がないという点では後者は当てはまるのかもしれないが。

ぎこちなく頷くと、抱き上げられてベッドルームへ運ばれた。明かりは消えたままだが、カーテンの隙間からこぼれている明かりだけで十分に視界が利く。

「ひどいことも痛いこともしないから、全部僕の好きなようにさせてもらっていいかな？」

「あの、おれ……こういうこと、よくわかんなくて。だから、言ってくれたら、そういうふうに、する……から」

きっとレイフォードは経験が豊富だ。ちゃんと聞いたことはないが、この男が相手に不自由するはずはないから、それなりにあるだろう。恋愛経験もあったと言っていたし、それ以外での経験もきっとある。

そこにちくちくとした痛みを感じないわけではないが、顔も知らない人たちに嫉妬しても仕方ないことはわかっていた。

蒼唯はレイフォードを信じることにしたのだ。だからもう、過去のことは極力気にしないと決めた。まったく気にしない、というのは性格的に無理だから、可能な範囲の最大限でそうしようと決意する。

「出来る限り、受け入れて。それでいいからね」

「はい。あ、あのっ、シャワー……とか」

「気になる？　僕はかまわないけど」

「レイさんはいいけど、俺……大丈夫……？」

汗をかくようなことはしていないが、だからといって綺麗かと言われたら自信はなかった。

レイフォードに不快な思いはさせたくないし、されたくない。

おどおどしつつ顔を見ていると、不意に首筋に顔を埋《うず》められた。

「ひゃ……っ」

「前から思ってたけど、蒼唯は甘い匂いがする」

「それはお菓子作ったりするからです」

「うん、でもそれだけじゃないと思うよ。きっと僕にはそう感じるんだ。可愛いなぁ、って思ってるから、可愛い匂い」

匂いが可愛いという意味はわからないが、レイフォードがいいというなら気にしないことにした。きっとイメージの問題なのだろう。

だとしたらレイフォードのイメージは清涼なもののはずだ。でも甘くて、どこかスパイシーな感じで――。

「マジョラム？」

「うん？　なに、ハーブ？」

「あ……ええと、なんでもない……」

つい料理に使うものになってしまった。蒼唯には香水の知識なんてないのだから仕方ないのだが。

「もしかして僕のイメージ？」

「そ、そう」

「どんなハーブだっけ。今度、それ使ってなにか作ってくれる？」

「はい」

途端に蒼唯の頭には、さまざまな食材とレシピが浮かぶ。肉料理のソースにしようか、シチューがいいか、あるいはパウンドケーキか。

「蒼唯、こっち見て」

自然とレイフォードから視線が外れていたのを大きな手と言葉とで戻された。間近に迫っていた美しい顔に、蒼唯は心臓が跳ね上がるのを感じた。カーテンの隙間から外の明かりが入っているだけなのに、はっきりと表情が見えてしまった。

近い。初めての距離ではないけれども、こんな状態——ベッドでいまからセックスしようというときでは動揺が激しい。

顔は背けることが出来ないから目だけ逸らすと、ふっと笑う気配がした。

「可愛いなぁ」

「レイさん、そればっか」

「だってそう思うんだから仕方ないね。じゃあ最初はキスからだよ。前にもしたから、大丈夫だよね」

確かにしたが、あまりよく覚えていないというのが正直なところだった。あれは夢だったんじゃないかと思うことがあるくらいだ。

ただでさえ近い距離が縮められ、たまらなくなって蒼唯は目を閉じた。

柔らかな感触が唇《くちびる》に触れ、啄《ついば》むようにしながらやがて深く入り込んできた。舌先が唇を舐《な》め、口のなかを撫でて、蒼唯の舌に絡んだ。

「ふ……」

息の仕方を忘れていて苦しくなったところで、ようやく思い出す。酸欠のせいか、あるいはキスのせいか、頭がくらくらとしてくる。

じわんと甘い痺《しび》れが背筋を撫でていった。唇を塞がれていなかったら、きっと変な声を上げてしまっていた。

もう指先に力が入らない。いつの間にかベッドに押し倒されていたが、そんなことは些末なことに過ぎなかった。

(気持ちいい……)

キスがこんなに気持ちいいものだなんて知らなかった。以前のそれは本当に触れるだけで、喜びよりも驚愕《きょうがく》と困惑が強くて、心地よさを生むには至らなかったのだ。

思考がゆっくりと溶けていく。キスされながら、服のなかに入ってきた手に、あちこちを撫でられた。

いつの間にそうなったかなんて覚えていないが、ふと我に返ったときにはもう身に着けていたものはすべて取り払われていた。

外からの明かりに映し出され、レイフォードの裸体もはっきり見える。

わかっていたことだが、彼は着やせするタイプだ。脱ぐときちんと筋肉がついているのが見え、少し照れる。逆三角形の見事な身体はアスリートのようで、腹筋だって綺麗に割れている。思わず触りたくなってしまったことは黙っていようと思った。

「どうしたの？」

「え……あ、その……格好いいな、って……」

ぽろりとこぼれた本音に、レイフォードはふっと笑った。

「ありがとう。蒼唯も素敵だよ。綺麗な身体だ」

レイフォードの言葉は魔法のようだ。そんなわけないと思うのに、少しずつそんな気になってくるから不思議だった。よしんば惚《ほ》れた欲目だとしても、蒼唯は大好きなこの男にさえそう思ってもらえるなら、それでいいのだ。

「で、でもやっぱカーテン閉めて」

「残念だな」

そう言いつつも、彼は手元のリモコンでカーテンをきっちりと閉めた。厚い遮光カーテンのおかげで室内は暗くなり、ほんの少しだけだが蒼唯の肩から力が抜ける。

確かめるように大きな手が頬に触れ、まぶたやこめかみにも唇が落ちた。もう一度唇が重なって、同時に首から肩、胸へと手が滑っていく。

「ん……っ」

脇腹や腰、腿《もも》までを撫でられると、ときどき身体がびくりと震える場所があった。くすぐったいような、そうではないような、とても曖昧な感覚だ。

声にならない息が、キスに飲み込まれる。

ずっとあちこちで遊んでいた手が、やがて胸に留まってそこを弄《いじ》り始めた。撫でられ、指先で挟まれて軽く引っ張られ、柔らかだったものが痼《しこ》って尖《とが》る。意識することもなかった場所は、そのうちにじんじんと痺れて存在を主張し始めた。

「ふ、ぅ……ん」

びく、びく、と身体が跳ねる。指先で少し強めにつままれると、勝手にそうなってしまう。

ようやくレイフォードはキスをやめ、指を追うようにして首や肩、鎖骨のあたりに舌を這《は》わせ、吸い上げる。そうして指で弄っていないほうの胸を舐めた。

「ぁっ、ん」

ぞわりとした快感がうなじから頭の後ろを駆け上がっていく。

濡《ぬ》れたような甘ったるい声が自分のものだなんて信じられなかった。とっさに唇を噛《か》むと、まるで窘《たしな》めるように長い指が唇を撫でた。

「我慢しないで」

「でも……」

「もっと聞きたい。というか、そうでなくては困るんだ。君を気持ちよくさせて、またして欲しいって、思ってもらわないと」

ふ、っと笑いながら、レイフォードは尖らせた乳首に音を立ててキスをした。

それから舌を絡ませ、ときおり思い出したように歯を当てた。なにかされるたびに、蒼唯は指先まで快感に支配されるようになって、ただの息だったものが喘《あえ》ぎ声に変わっていってしまう。

身体が熱い。呼吸が乱れて、もじもじと脚が動く。

両方の胸を同時に刺激されて、仰《の》け反《ぞ》るようにして背が浮いた。

「あんっ」

「そう、いい子。もっと気持ちよくなろうね」

「やっ、ぁ……ああ、んっ」

キスと胸への刺激で、まだ触られてもいないのに蒼唯のものは反応してしまっていた。それを指で優しく弾《はじ》かれ、ゆるゆると扱《しご》かれて、がくんと腰から力が抜けた。

長い指は、蒼唯よりもこの身体のことを知っているみたいだった。初めて触れるはずなのに、どこをどうすれば感じるのかを心得ている。

「あ、ぁ……っ、やぁ、んっ」

涙の膜の向こうに、微笑むレイフォードが辛うじて見えた。

こんなことをしているなんて思えないほど、彼はいつものように涼しげでノーブルな雰囲気も失っていない、完璧な王子さまだった。

自分だけが乱されているのが恥ずかしくなる。なのにまた責められて、蒼唯はあんあんと喘ぐはめになった。

なのに、最後までいかせてはもらえなかった。絶頂の寸前ですっと引かれてしまい、あやすように緩やかな愛撫《あいぶ》を別のところへ与えられて、収まった頃にまた触られて——。

「ひゃ、ぅ」

手ではない、熱くねっとりした感触に、まさかの思いが過《よぎ》る。

涙の膜で霞《かす》んだ目を向けて、蒼唯はそのまま本当に泣きたくなってしまった。

「やっ、だ……めっ」

泣き声まじりに訴えたのに、レイフォードは聞こえなかったかのように、卑猥《ひわい》な音を立てて蒼唯のものを含み、舌で舐め上げる。

がくがくと内腿が震えた。レイフォードの綺麗な顔を見ていられなくて、ぎゅっと目を閉じて、ただ喘いだ。多分精神的な意味でも泣いていたかもしれない。それでも強く制止しないのは、最初にそう約束したからだった。

蒼唯はシーツに爪《つめ》を立て、泣き声まじりの嬌声《きょうせい》を上げる。

「あ、あっ、あぁ……っ」

舌先が先端を抉《えぐ》るように触れた。強く吸い上げられて、蒼唯は今度こそ達した。足の先がぴんと張り、無意識に触れていたレイフォードの髪をぐしゃぐしゃにしてしまった。

ぼんやりとした視界には、口元と指先をぺろりと舐める美しい人の姿があった。その意味を察する余裕など、いまの蒼唯にはなかったが。

脚の付け根にキスを落とし、レイフォードはしっかりと痕《あと》を残した。指先は腿の外側を撫で、膝《ひざ》までいって内側から上がってくる。

「一本入っているから大丈夫だと思うけど、痛かったら言ってね」

「え、え……っ、な……なんっ……」

身体のなかに、異物があった。ぐにぐにと動かされ、紅潮していた頬から血の気が引いていく。

前を弄られて悶《もだ》えているうちに、こうなっていたようだ。そう言えば異物感を覚えた気がしたが、さっきまではそれどころじゃなかったのだ。

そこで繋がることくらいは知っていたが、実際に触られるとでもないことをしている、という気持ちになる。硬直した蒼唯に気付き、レイフォードは苦笑した。

「痛い？」

「い……たく、ない……けど……」

声が震える。少しの怖さと、それを上まわる羞恥と申し訳なさのせいだ。こんなことをさせてしまっている、という感覚がどうしても抜けない。

レイフォードは仕方なさそうに笑い、リップ音を立てて蒼唯の膝にキスをした。

「あのね、蒼唯。全部、僕がしたいと思うことをしてるんだよ。本当はここ……舐めて舌も入れたいんだけど、最初からそんなことしたら蒼唯は泣いちゃうよね」

「…………」

泣くのを通り越して顔面蒼白《そうはく》だ。そんなことはあり得ない。前を口でされるだけでも気が遠くなりそうだったのに。

しかも「最初から」と言った。つまり二度目以降はやる可能性があるということだ。

「あの、あの……」

「まぁ、それは追い追いね。セックスに慣れたらでいいから」

「……はい」

頷いてから、なぜか譲歩された形になっていることに気がつく。いつの間にかやることは決定事項となってしまった。

おろおろと目を泳がせていると、レイフォードは優しく髪を撫でてきた。そうして何度目かもわからないキスをし、蒼唯を甘く蕩《とろ》けさせていく。

そうやって気を逸らしながら、彼は蒼唯の身体を少しずつ慣らしていった。

指をそっと動かし、馴染んで来たとみると指を増やし、思い出したように固くなる身体を解《ほぐ》していく。

「う……っ、ん……あ、ぁ……」

出し入れされて少しずつ感覚は変化した。異物感が熱い疼《うず》きに変わり、やがてむず痒《がゆ》いようなもどかしさを帯びた。指が擦《こす》られ、もっと……と腰が揺れてしまう。

気が遠くなるほど長く後ろを弄られた。たまに声をかけられたけれども、ほとんど内容は覚えていない。そしてもうずいぶんと長く、蒼唯は意味のある言葉を発していなかった。

深く沈められた指が、ぐるりと蒼唯のなかを掻《か》きまわす。うごめく指の形まで覚えてしまいそうだった。

指先が内壁を優しく引っかく。探るようにして動く指に、そこが見つかった。

「ひぁっ……う！」

電流を当てられたように、びくんと腰が跳ねる。気持ちいいのか、そうじゃないのか、蒼唯にはよくわからない。

ただ悲鳴じみた声は確実に濡れていた。

「蒼唯のいいところ、の一つだよ」

「あっ、あっ……やめ……っ、駄目……それ、ぇ……っ」

内側からそれを責められ、蒼唯は腰を捩《よじ》って逃れようとした。意識してのことではなくて、勝手に身体が動いていた。

レイフォードはそれを許さず、やんわりと蒼唯を押さえこむ。代わりに指を動かすのをやめ、ゆっくりと引き抜いた。

「蒼唯。いい？」

「ん……」

とろりと溶けた思考のまま蒼唯は頷く。

レイフォードは投げ出されていた蒼唯の脚を抱え、自らの高まったものをゆっくりと沈めていく。

痛いのか熱いのか、それとも異物感がひどいだけなのか、自分の身体のことなのによくわからなかった。

「そう、上手だよ。息を吐いて」

自然とその声に従っていた。

蒼唯が苦痛を感じていないとみるや、レイフォードは少しばかり強引に腰を進める。逃げられないように、両手で腰をつかんでいた。

かなり深く繋がったのに気付き、蒼唯はうっすらと目を開ける。

「あ……」

どくん、と胸が高まった。こんな状態で、いまさらのようにときめくなんて変かもしれない。けれどもレイフォードの目を見たら、こうなるのは仕方ないとも思う。

美しい青い目には情欲の色が浮かんでいたのだ。

彼が自分に欲情している。たまらなく嬉しくて、自然と両手を伸ばしていた。

「レイさん……好き……」

「僕もだよ。愛してる、蒼唯」

どちらからともなく唇を結びあわせた後、レイフォードは自らの快感を追い始めた。

最初はゆっくりと抜き差しを繰り返し、ときおり深く沈めてなかを掻きまわす。少しずつ蒼唯の声が色を帯びていくのを確かめながら、指で前も弄っていく。

レイフォードのものが内側の弱い部分を突き上げ、蒼唯は仰け反って声を上げた。

「あっ、いやぁ……っ！」

ごりごりと執拗《しつよう》に責められて、全身が震えた。追い詰められ、声はどんどん切羽詰まったものになって、背中が弓なりに反る。

揺さぶる動きが激しくなっていくと、レイフォードの息も乱れていった。

蒼唯はもう、泣き声まじりに喘ぐことしかできない。なにもかもがぐちゃぐちゃで、溺れる人のように広い背中にしがみつくのが精一杯だった。

「あぁっ……！」

頭のなかでなにかが白く弾けた。味わったことのない絶頂感になかば意識を飛ばしながらも、奥深いところに叩《たた》きつけられる飛沫《しぶき》を確かに感じていた。

そのまま眠りに落ちてしまいたい。

髪を撫でられる心地よさにうっとりしていた蒼唯は、その考えが非情に甘かったことを身をもって知ることになった。

あの夜、蒼唯が眠りという逃げ場に辿り着くことができたのは、日付が変わって少したってからだった。最後はどうやら失神するという形で逃げたようだ。途中から記憶が曖昧なので、レイフォードの説明によれば、だが。

ちなみにアフタヌーンティーの予約には間に合った。間に合わせるために、寝起きに襲うことは我慢した、らしい。

蒼唯の恋人は王子さまフェイスの下にケダモノの顔を隠していたのだ。本人もそれは認めている。

だからといって、蒼唯のなかで変わったことは一つもなかったけれど。

「うーん……」

しばらく画面を眺めていたかと思ったら、レイフォードは難しい顔を見せて眉間《みけん》を指先で揉《も》んだ。

トラブルが発生したのだろうか。心配になって、彼が口を開くのを待った。

蒔野家の洋館の、休日の午後のことだ。今日は台風が接近中ということもあり、アフタヌーンティーの予約はキャンセルとなった。遠路はるばる沖縄から来る予定だったのが、飛行機が飛ばないので行けなくなったという。

そんなわけで蒼唯は暇になったのだった。

「どうしたの」

「いや、なんというか……」

「深刻？」

尋ねながらも、蒼唯は察していた。これはどちらかと言うと「困惑」だ。よく見ると険しさのなかに気の抜けたような雰囲気が漂っていた。

「どちらかと言えば、衝撃？　まぁ、ある程度予想はしていたから僕はそうでもないけど、君たちは驚くだろうなと」

「俺……たち？」

それはどこまでを含んでいるのか。蒼唯はとっさに茜音や祖母、そして母のことを考えた。

レイフォードは大きく頷いた。

「うん。君のお母さんが出会ったジョージ・ウィリアムズは、僕の母方の叔父《おじ》だったらしいんだ」

「はい？」

「同姓同名じゃなくて、叔父本人だったみたいだよ。ジョージに確認をしてたんだけど、やっといま返事が来てね」

ついていけずに固まったままの蒼唯を余所に、レイフォードはどんどんと話を進めていく。

蒼唯の頭のなかでは「ジョージ」という名前がぽつんと浮かんでいるだけだった。

立ち直るのに少し時間がかかった。

「ど、どういうこと？　なんで……いつ……」

「最初はただの同姓同名だと思っていたんだ。前にも言ったけど、どこにでもあるような名前だからね。叔父は日本に留学していなかったし、カナダ人でもなかったから」

カナダ人女性と結婚し、現在ではカナダの国籍を得ているそうだが、それまではイギリス人だったのだ。

「茜音からイギリス人旅行客だって聞いて、すぐに電話をしたんだ。でも本題に入った途端に黙り込んでしまってね。後で説明するって切られて、それからは何度かけても出ない。で、メールで質問を送ってたんだ」

ずいぶんと潔くない対応をするものだと思った。蒼唯は遠くに視線を投げた。

実に「らしい」行動ではないか。ジョージになんて会ったことはないし、話に聞くのみの存在だが、そう思った。乾いた笑いがこぼれる。

父親が誰か判明しても喜びは微塵《みじん》もなかった。むしろそんな男なのかと、あらためてがっかりしてしまった。

「ジョージによると、君のお母さんを弄んだつもりも捨てるつもりもなかったそうだよ」

「でも結果的に捨ててるけど」

「そうだね。味方をする気はないんだけど、一応叔父の説明を伝えておくよ。留学生だと偽ったのは、母親に……つまり僕の祖母の美津子《みつこ》に話が行くのを避けるためだったらしいよ」

「え、どういうこと？」

自然と眉根が寄ってしまう。まさかの理由だった。

「日本に行ったのは気まぐれだったみたいで、アジアをふらふら旅行していたときらしいんだ。で、母親の生まれ故郷を見てみようと思って霧里に来て、そこで唯子さんに出会って、ナンパしたわけだね。僕たちと同じく、あの駅前だったそうだよ」

「ナンパ……」

ずいぶんと軽く聞こえた。あえてその言葉をチョイスしたのか、ジョージがそういったニュアンスの説明をして、レイフォードが日本語訳した結果なのか。

いずれにしても、ナンパと聞くと途端に運命の出会い感がなくなってしまった。

「あまりに綺麗だったから思わず声をかけて、口説いた……って書いてきてるから、ナンパだよね。言葉選び、間違ってた？」

「いや、あってると思うけど……」

「けど？」

「レイさんと俺の出会いと一緒だなって」

引っかかるのはそこだった。利己的と言われようがなんだろうが、この際、唯子とジョージの出会いはどうでもいい。運命だろうとナンパだろうと、彼らのあいだに蒼唯が生まれたのも、彼らが添い遂げなかったことも事実なのだから。

問題は自分たちのことだ。

「僕は会うなり口説くような真似《まね》はしなかっただろ?」

「……うん」

「可愛い子だな、とは思ったけど、それはあくまで感想だからね。話していくうちに離れがたくなって、一緒にいたいなと思うようになったんだ。何日もしないうちに、絶対に口説き落とす……という気持ちにはなっていたけどね」

なるほどそこで線引きされるのかと小さく頷いた。出会い方は同じでも、段階を踏むと印象が違うのだなとも思った。

「若い頃のジョージは女癖が悪かったんだ。で、手を出してしまってから、唯子さんの素性を知って焦ったそうだ」

「そこで本条家のお嬢さまが出てくるのか。ええと、うちのお祖母ちゃんを通して素行の悪さが伝わっちゃうかも……ってこと?」

「正解。祖父は厳格な人でジョージは昔から恐れていたし、祖母に対しては好きすぎて失望させたくないって気持ちが強かったんじゃないかな。そのせいで自分の素性を隠したというわけだ」

「え、ジョージってマザコン?」

「まぁ、そうだね」

「うわぁ」

旅行先で高校生を口説いて手を出したなんて、絶対に知られたくなかったのだろう。まして霧里において本条家は特別な存在なのだ。

「それでも、帰国するときには、本気で遠距離恋愛を考えていたと叔父は言ってる。親にも打ち明けるつもりだったそうだよ」

「気が変わっちゃったってこと？」

「帰国してすぐに仕事に就いて、手一杯だったそうだ。人間関係や仕事で神経をすり減らして、連絡する気力もなかった……らしい。そのうち後ろめたくなって、ますます連絡出来なくなった……と言ってる」

「言い訳にしか聞こえない」

蒼唯は顔をしかめた。連絡なんて一分もあれば出来ることだろう。削られた精神力を振り絞ってまでしようという気は起きなかった。それだけのことだと思った。

「実際そうだと思うよ。ただ、ジョージにも同情すべき点はあるんだ。それで……ここからがまた衝撃的なんだけど……」

途端にレイフォードは言いよどんだ。まだなにか新事実が出てくるのかと、蒼唯はつい身がまえてしまう。

ふっと息をついてから、形のよい唇が動いた。

「夏彦さんが、ジョージと知り合いだった話は聞いたよね」

「あ、うん」

「頼んで唯子さんの様子を見に行ってもらった……とジョージも言ってるんだけど、その報告がね、聞いていた話と少し違うんだ」

「え？」

夏彦の名前が出ただけでも当惑しているのに、その上、話が違うという。だが誓って蒼唯は嘘をついていないし、話を誇張してもいなかった。茜音も同様のはずだ。

レイフォードは少し困ったような顔をした。

「唯子さんが近々結婚するという報告を受けて、ジョージは諦めたそうだ」

「ちょっ……え、あの……確かに結婚したけど、それは……」

報告と見合いの時期がよくわからず、蒼唯は首を傾げた。

「ジョージにしてみれば、帰国して連絡を怠って、しかし三ヵ月もしないうちに唯子さんが心変わりして結婚することを知ったわけだね。振られたのは自分だというのがジョージの言い分だ。もちろん妊娠していたことも、君の存在も知らなかった」

「つ……つまり、お父さんが……」

善良そのものといった夏彦の顔が脳裏に浮かぶ。にこにこ笑っていたり、仕方ないなと苦笑していたり、思い浮かぶのはすべて穏やかで優しい、少しばかり頼りないけれども家族を大事にしてくれる継父の姿だった。

「夏彦さんは嘘の報告をしたんだ。これをどう受け止めるかは人によるかもね」

「レイさんは、どう思ってるの？」

「なかなかやるな……というくらいかな。好きな相手には誠実であろうと思っているけど、場合によっては手段は選ばないから。うん、そういうところは僕と共通しているかもしれないね」

レイフォードはにっこりと笑った。彼の立場では清濁併せ呑むくらいでなければやっていけないのだろう。

蒼唯としては複雑な心境だった。

「……優しい人なんだ。ちょっと気弱で、人がよすぎて騙されちゃうような人でさ」

「それも本当なんだと思うよ。きっと、なにがなんでも唯子さんと結ばれたかったんだね」

真実を知ったら茜音はどう思うだろうかと、ふと思った。呆れるか引くか、あるいは感心するのか。いずれにしても唯子に同情することはないだろうが。

蒼唯は大きな溜め息をついた。

「なんていうか、お母さん的にはベストかも」

「うん？」

「だってジョージはちゃんとお母さんのこと好きだったわけだし、お父さんは嘘ついてまで結婚したかった、ってことだし」

「なるほど」

確かに、とレイフォードは続けた。

「どうしよ……あ、ジョージのメールって見てもいいのかな。だったら紙に出してお母さんに見せたいんだけど」

「唯子さんと君宛のメッセージもあるから、それと併せてどうぞ」

「う……うん」

やや緊張して「父親からの手紙」に目を通したが、大きく心が動かされることはなかった。なにしろ存在を知らなかったことの説明と、いつか会ってみたいという、本心かどうかわからない言葉がある以外は、ほぼ言い訳で埋め尽くされていたからだ。カナダで幸せな家庭を築いているようなので、あまり関わりたくないというのが本音なのかもしれない。

「会いたい？」

「うーん、そうでもない。俺って薄情なのかなぁ」

「ま、いい感情はなかったわけだしね。機会があれば、でいいんじゃないか」

「うん……あ、あれ……？」

不意にあることに気付いてしまった。

「ん？　どうかした？」

「つまり、俺とレイさんって従兄弟《いとこ》同士？」

「ああ、そうなるね」

蒼唯にとってはそちらのほうが衝撃的であり、戸惑いだった。同時にくすぐったいような喜びも生まれた。レイフォードと別の繋がりを得たようで嬉しかったし、単純に従兄弟が出来たということが面はゆくもあった。

なにしろ唯子も夏彦も一人っ子なので、これまで従兄弟という存在がいなかったのだ。

「今度……年末にでも、一緒にイギリスへ行かないか？」

「え？」

「祖母に会わせたい」

「……って、本条家のお嬢さま……」

蒼唯にとっては、もはや伝説の存在に近い人だ。なにしろ幼い頃から祖母に語られ続けてきたのだから。

もちろん実際は七十代の老婦人であることも知っているが。

「きっと喜ぶと思うよ」

「だといいなぁ。正直ね、実の父親よりお祖母さんのほうが会ってみたい」

静恵がこの事実を知ったら卒倒してしまうのではないだろうか。

どうやって打ち明けようかと考えていると、レイフォードの電話が鳴り始めた。

「おや……お祖母さまだ。もしかして話が伝わったのかな。こういうのって確か、噂をすれば影、というんだよね？」

レイフォードは小さく笑った後、イギリスの祖母・美津子と話し始めた。

やはり用件はジョージのことで、意外にも彼自身が真実を打ち明けてきたようだった。もっとも電話ではなく、長文のメールだったということだが。

美津子は興奮気味だった。早口で捲し立てる声が蒼唯にまで聞こえてくるほど、霧里にいる孫が気になるらしい。まして可愛がっていた幼なじみの少女——静恵のことだ——の孫でもあるなんてと、かなり盛り上がっている。

少し意外だった。電話から漏れ聞こえてくる声だけとはいえ、静恵から聞いていた「お淑《しと》やかで、おっとりとした、ご令嬢のなかのご令嬢」とはイメージが違ったからだ。流れた年月のせいなのか、静恵の美化が激しいのかは不明だが。

ぼんやりとそのあたりを考えているうちにレイフォードは電話を終えた。

「都合が付き次第、日本に来るそうだよ」

「は？」

「蒼唯に会いたいし、霧里が気になるそうだ。静恵さんは元気なのかと聞かれたよ」

「お祖母ちゃんのこと忘れてなかったんだ……」

静恵にとっては憧れの人だが、向こうが覚えているとは思っていなかった。それが嬉しくて、自然と笑みがこぼれた。

思案顔のレイフォードが呟いたことで、一気に我に返ったが。

「急いで本条の屋敷に手を入れるか……」

「ええぇ……」

ゴルフ場がクラブハウスとして使用していたのは一階部分のみで、しかも借りていたものなのでほぼ手は加えていなかった。掃除もしっかりしてあったために、簡単にまた住める状態になるとは思うが、それにしても言い方が軽い。まるでお客さんが来るから布団《ふとん》を干しておこう、という程度のもの言いだった。

「まぁ、早くても来月頭かな」

「まだ三週間はあるね。よし、お祖母ちゃんに言うのは明日でいいか」

そろそろ夕食の支度《したく》をしなくてはいけない。週の始めと終わりは都内で仕事をすることが多いレイフォードだが、今日は早めに終わったようでまだ明るいうちに霧里に着いたのだ。茜音もそろそろ帰ってくるだろう。

手伝うというレイフォードとキッチンに立っていると、制服姿の茜音がやってきた。普段よりもずっと早い到着だった。

「ただいまー」

「どうしたの？」

「ん、お父さんと車で来たから」

「えっ」

思わず駐車場のほうを見てしまったが、木や塀が目隠しになっていて当然車を見ることはできない。わかっていたのに、つい目を向けてしまった。

「なんか、いまから会うことにしたみたい。今日の昼に、お母さんとそういう話になったんだって。あたしも急すぎてびっくりしてる」

「さすが……」

驚きはしたが、さほど意外には思わなかった。ジョージとの話を聞いた後だからかもしれない。唯子のことになると夏彦はなりふりかまわなくなることを知ったせいだ。

「びっくりするくらい行動力発揮することあるよね」

「弱腰でもあるけどねぇ。なんでか知らないけど、お父さんってお母さんのこと好きすぎるよね。理解できないけど」

茜音はことさら共感できないことを強調する。彼女が唯子に対して辛辣なのは変わらないようだった。

「あの二人、ちゃんとやりとりはしてたんだ？」

「たまに、メールでね。今日は思い切って電話したみたいよ。もちろん事前にお伺《うかが》い立ててたみたいだけど」

「そっか……お父さんとよりが戻ったら……って、よりが戻る、でいいのかな?」

「いいんじゃない?」

「そうなったら、お母さんまた旅館に出るようになるかな」

唯子が無気力状態になったのは、夏彦と別居してからだ。夏彦は唯子のためを思って出て行ったわけだが、彼女は捨てられたとでも思ったのかもしれない。

茜音は渋い顔をした。

「どうかなぁ。もともと人前に出るの好きじゃない人だしね。そういうとこ、お兄ちゃんそっくり」

「まぁね」

「別にどっちでもいいよ。けど出来れば裏でおとなしくしてて欲しいかな」

「え?」

「蒔乃屋を継ぐのはあたしだから」

彼女はそう言い切った。どーん、と効果音でも聞こえてきそうなほどに強い口調と、真剣な表情だった。

「……は?」

面食らう蒼唯に顔を寄せ、茜音はふふんと笑う。

「いままで遠慮してたけど、この際だからはっきり言うね。あたし、蒔乃屋を継ぎたいの。

小さい頃から野望があったんだ」

「や……野望……」

「そう。美人若女将として、ばんばんテレビとか出て、この蒔乃屋を有名旅館にするっていう野望がね！」

びしりと指を突きつけられ、蒼唯は思わず仰け反ってしまう。人を指さすのはやめなさい、と言いたかったが言えなかった。

「もうテレビ出ちゃったし、蒔乃屋もなんか前より有名になっちゃったけど、それはそれ。タウンリゾートのついでに流行《はや》るとかじゃなくて、旅館のよさで認められたいの。伝統だけじゃなくて、新しいことにも挑戦したいし」

「……知らなかった」

茜音がそんなことを考えていたなんて、蒼唯はまったく気付いていなかった。そして急に恥ずかしくなった。

跡を継がねばと言いながら、蒼唯にはまったく展望がなかったのだ。

なんとかして盛り返さねば。存続させなければ。そればかりが先に立ち、発展させようだとか改革しようだとかいう考えはなかった。せいぜい洋館でのアフタヌーンティーを思いついた程度で、それだって茜音やレイフォードに背中を押してもらってようやく動いたのだ。

唖然とする蒼唯に、茜音はふっと力を抜いて微笑みかけた。

「だからね、お兄ちゃんは遠慮なくお嫁《よめ》に行っていいよ。後は任せて」

「よ、嫁……」

「だって、そうなんでしょ？　そっちなんですよね？」

確認はレイフォードに向かって行われた。一応慎んでいるつもりらしく直接的な言葉は使っていないが、ようするにベッドでの役割のことを聞いているのだ。もっとも行為はベッド以外でもなされるのだが。

「そうだね。とてもとても、可愛いお嫁さんだよ」

「嫁って言うな！」

「レイさん、ふつつかな兄ですが、末永くよろしくお願いします」

「約束します。責任を持って、お兄さんを幸せにしますね」

にっこりと笑いあう恋人と妹を前に、蒼唯はしばらく言葉が出てこなかった。

ドルチェは容赦なく愛される

霧里宿《きりさと》は、朝から異様な熱気に包まれていた。一段と冷え込む日だというのに、まるでゆらゆらと蜃気楼《しんきろう》でも立っているような錯覚すら覚える。

主に六十歳以上の住民を中心に数日前から落ち着かない雰囲気が漂っていたのだが、それがピークを迎えてざわついている状態なのだ。

蒔乃屋《まきのや》でも祖母の静恵《しずえ》が完全に浮き足立っている。先ほどから鏡の前を離れず、ヘアスタイルやメイク、服装をチェックしては、ああしたほうがこうしたほうがと一人忙《せわ》しない。

「やっぱり少し派手なんじゃないかしら」

静恵の紬《つむぎ》は複数の寒色を使った縦縞《たてじま》で、帯は藍色だ。確かに多色使いであるが一つ一つは落ち着いたものなので派手さはないと蒼唯《あおい》は思っている。気休めではなく大丈夫だと宥《なだ》め、手のなかで鳴ったスマートフォンを確認した。

「もうすぐ到着するって」

「お出迎えをしなくては……っ」

見たことがないスピードで出て行く静恵を、蒼唯は唖然《あぜん》として見送った。けれど、本条《ほんじょう》家のお嬢《じょう》さまが、この霧里に戻ってくるとあっては無理もないとも思う。

予定よりは少し遅れたが、宣言通り美津子《みつこ》・ウィリアムズは来日を果たした。十代の頃に日本を離れて以来、初めて帰ってきたのだ。

滞在期間は二週間ほど。クリスマスまでもう少しというこの時期から正月明けまでを日本で過ごしていく。

同行者は二人おり、一人は主治医兼秘書の五十代男性で、もう一人は身のまわりの世話をする四十代の女性ということだった。

レイフォードは昼前に東京のホテルまで迎えに行った。美津子たちが日本に到着したのは昨日なのだが、都内へ移動してそこで一泊したそうだ。コンディションを整えてから霧里に入りたいという希望があったからだ。

「それなりに気合いが入ってるんじゃないかな」

というのはレイフォードの言だ。

長時間のフライトによる疲労感が漂う姿ではなく、たっぷりと休息を取ってからベストな状態で訪れたいのだろうと。

そう思うと微笑《ほほえ》ましい気持ちになる。霧里では伝説の人だが、ごく当たり前の一人の老婦人なのだ。レイフォード曰《いわ》く「普通のお祖母《ばあ》さん」らしい。

静恵を追いかけて蒔乃屋の玄関先へ行くと、通りのあちらこちらに住民が出てきていた。そわそわと、落ち着かない様子で車がやって来るだろう方向を見ている。彼らは静恵と蒼唯の姿を見つけ、そろそろだと察した様子だった。

それから間もなく、宿場町の端のほうにそれらしい車が見えた。二台連なっていて、先導はレイフォードの見慣れた車だった。

「き、来たわ」

後ろをついてくるのは黒いハイヤーだ。これはレイフォードが手配したもので、昨日も成《なり》田《た》空港からホテルまで送迎したようだ。

沿道で住民が手を振る様子を見ていると、どこぞの王族か優勝パレードかと思ってしまうが、不思議と違和感はなかった。

レイフォードは蒼唯の前を通り過ぎるときに、こちらを見て軽く手を上げた。そのまま通過するかと思ったが、ハイヤーは蒔乃屋の前で停まり、するすると窓が開いた。顔を見せたのは品のいい老婦人だった。

「お久しぶりね。静恵さんよね？」

「は、はい……っ」

静恵は感極まった様子で、それ以上声が出ない様子だ。胸の前で手を組み、見たことがないほどに頬《ほお》を紅潮させている。まるで好きなアイドルに会った少女のような反応だった。

「後で伺《うかが》ってもいいかしら？　ゆっくりお話がしたいわ」

「も、もちろんです！　お待ちしております」

美津子はにっこりと笑い、それから蒼唯と目を合わせて首を傾けるようにして会釈した。慌てて蒼唯が頭を下げると、ふふと小さく笑う声が聞こえた気がした。

窓が閉まると同時に車は走り出し、ゴルフ場だった敷地に入っていく。

改装工事は急ピッチで進められ、本条家の邸宅は生活するのに不自由ない状態となっている。いずれホテルとして使用する予定の建物だがフロントなどは別棟を建てるそうなので、いまは本当にただの家なのだ。鍵などもレトロな真鍮《しんちゅう》のものを使用するという。

「お茶の用意とかしたほうがいいんじゃない？」

「そ、そうね」

はっと我に返った静恵は大慌てで旅館に戻っていく。本日の予約客は一組だけで、チェックインの予定時間も五時過ぎなので旧交を温める時間は十分あるだろう。

旅館のロビーでも客室でも、あるいは離れでも、美津子が望む場所で対応することにし、静恵はいそいそと茶菓子の準備を始めた。

「なかなかの出来よ」

茶菓子は上生菓子で、伝統的な寒椿《かんつばき》と創作でサンタクロースの練り切りを用意した。和菓子はあまり得意ではないのだが、そこは頑張った。

ちなみに離れに唯子《ゆいこ》はいない。先日、夏彦《なつひこ》と暮らすために少し離れたところにあるマンションに移ったからだ。現在の終点である駅のすぐ近くだ。夏彦はまだ東京での仕事を続けているので、通うのにもそのほうが便利だということでそうなった。忙しいときだけ唯子は旅館の手伝いにやってくる。

蒼唯が思うに、いまは一番落ち着いていていい状態だった。ジョージのことや、夏彦が黙っていた真実を話したことも大きいのだろう。彼女の目は見たことがないほど光を帯びているし、蒼唯にも自ら話しかけてくるようになったのだ。

さまざまなことがいい方向に進んでいる。残る憂いと言えば、レイフォードとの関係をどう静恵に打ち明けるか、だった。

洋館に戻った蒼唯は、年明けのアフタヌーンティーのメニューを考え始める。リビングのソファに座り、ノートを広げて思いつくままにいろいろと書きつけていった。

「やっぱりガレット・デ・ロワは入れるとして、季節のフルーツ……柑橘系《かんきつけい》かリンゴか……野菜のケーキも一つくらいやってみて……」

今月はクリスマスの月ということで、菓子類のデコレーションや形をそれっぽくしている。プチケーキに添えるチョコレートプレートをトナカイの形にしてみたり、スコーンをピスタチオでグリーンにして形もツリー型にしてみたり。

もちろんサンルームにはクリスマスツリーを置いた。これはかなりの年代もので、本条家の物置で眠っていたものをレイフォードが運んできたのだ。もちろん美津子の許可は取ってある。なんでも彼女が物心ついたときにはすでにあったらしいので、七十年以上前のものだった。これがまた綺麗《きれい》に保存されつつも新しいツリーにはない趣があり、非常に評判がいいのだった。茜音《あかね》が蒔乃屋のＳＮＳ——少し前に彼女が作った——に載せたところ、なかなかの反応を得たようだ。

「……イレギュラーで和菓子も一つくらい入れてみる……？」

「いいと思うよ」

はっとして振り向くと、レイフォードが戻って来ていた。

「おかえり。美津子お嬢さまは？」

「離れで大女将《おおおかみ》と話してるよ。ところで、お嬢さまはさすがにどうかと思うんだけどね」

その指摘はもっともだ。静恵の影響でつい言ってしまうのだが、面識もない七十代の女性にお嬢さまは適切ではないだろう。

「えっと……なんて呼べば……」

「美津子お祖母ちゃんでいいんじゃないかな」

「無理！」

「なぜ？　正真正銘、君は孫なんだよ」

隣に座った恋人は身体《からだ》ごと蒼唯のほうを向き、身を乗り出してきた。

「え……いや、それはそうなんだけど……」

真顔で迫られて、蒼唯は目を泳がせた。しかしながら、まだろくに話してもいない相手なのだ。

「だ……段階を踏んでからでいいですか」

「そうだね。まぁ、向こうがいろいろと素っ飛ばしてくるような気もするけど」

「とりあえず、ちゃんと挨拶したい」

美津子は後でこちらにも立ち寄ることになっている。静恵との話がいくら盛り上がろうと、宿泊客が到着したらそこでお開きになることは決まっているのだ。

「日曜日はすごいことになるんだろうなぁ……」

「僕も手伝うからね」

「レイさんはお嬢……み、美津子さんの相手とかしたほうがいいんじゃ……？」

「それは人に頼むから問題ないし、そもそも祖母はホステスだからね。準備でかなり忙しいはずだよ」

住民が浮かれている理由は、もう一つある。日曜の午後に、本条邸のホールと庭を使ってのガーデンパーティーが開かれるからだ。パーティーと言っても、住民たちを招待して軽い食事と飲みものを振る舞いつつ、親睦を深めようというものだ。主催者はもちろん美津子で、蒼唯たちはその手伝いをすることになっている。

「天気がよさそうで安心したよ」

「大イベントだよね。みんな浮かれちゃって……」

すでに蒔乃屋には地元住民から大量のアルコールが預けられている。きっと当日までに直接本条邸にも届くことだろう。

料理は静恵も作るが、美津子が連れてきたお手伝いさんがメインとなる。彼女は日系のイギリス人で、栄養士の資格を持ち、美津子の元でもう二十年ほど働いているのだという。

「大女将は寿司《すし》を作るんだって？　蒼唯はなにを作るの？」

「おいなりさんと手まり寿司ね。俺はお汁粉《しるこ》と唐揚げ」

蒔乃屋は和食を担当する。美津子のお手伝いさんは日系で和食も作れるが、本当は洋食のほうが得意だとかで、任せたいと言ってきたのだ。

「あ、板長がおでん作ってくれるって。でっかい鍋にいっぱい作って保温しとくんだって。俺のお汁粉もそうする予定」

「それはいいね。でも蒼唯のおでんも食べたいな」

「今度作るよ」

一度だけ夕食におでんを出したことがあるのだが、レイフォードはいたく気に入っていた。存在は知っていたが、食べたことはなかったらしい。おでんに限らず、彼は鍋を突《つつ》くのが好きなのだ。

さらに近づいてきたレイフォードは蒼唯の手元を見て目を細めた。

「これはウサギ？」

「う……うん」

あれこれ書きつけているなかには、和菓子の練り切りのデザインも含まれている。雪ウサギもその一つだった。

「可愛《かわい》いね」

「女子受け狙うなら、これかなって思って」

「蒼唯みたいだ」

「っ……」

不意打ちに蒼唯は固まった。

臆面もなく褒《ほ》め、愛情を言葉で示すレイフォードは、ときどきとても心臓に悪い。少しは慣れてきたが、そういった雰囲気もないまま告げられるとひどく動揺してしまうのだ。

ドギマギしていると、レイフォードの指が髪を撫《な》で、ついでとばかりに首に触れてきた。

びくんと身体が跳ね上がってしまう。ざわざわと、奥底から官能の気配が這《は》い上がってきて、記憶が昨夜のそれへと繋《つな》がった。

レイフォードの恋人になって、数ヵ月がたった。相変わらず彼はここで生活し、仕事に行く。週末になると茜音が泊まりに来ていたのは最初のうちだけで、いまでは彼女は離れに泊まるようになった。唯子が出て行ったことも大きいのだろうが、出来たてのカップルに遠慮している部分もあるようだ。

「あ……」

つう、っと首を撫でられ、自然と声が出た。

心よりも身体のほうがレイフォードに慣らされてしまったと思う。夜《よ》な夜《よ》な、とまではいかないが、二人暮らしなのをいいことにかなり頻繁に肌《はだ》を合わせているのだ。部屋が違うことなど問題ではなかった。

「駄目だよ」

「わかってる。続きは夜にね」

ふふ、と笑うレイフォードは蠱惑的《こわくてき》で、蒼唯は思わず目を逸《そ》らしてしまう。直視していたら冷静さを保てなくなりそうだった。

軽く彼の身体を押していると、玄関で呼び鈴が鳴った。

「き、来たっ？」

「僕が行こう」

すっと立ち上がったレイフォードは、先ほどまでの官能の気配は微塵《みじん》もなかった。いつもの貴公子然とした雰囲気を漂わせながら、彼は来訪者を出迎えに行く。

静恵に案内され、美津子がやってきた。後から続いた静恵の表情はとても複雑そうで、ひたすらはしゃぐかと思っていた蒼唯の予想を裏切る様子を見せていた。

なにかあったのだろうか。静恵はもの言いたげに蒼唯を見つめ、ちらちらとレイフォードを見ている。

「初めまして。あなたが蒼唯ね。会えて嬉《うれ》しいわ」

ワンピースにショールを羽織った品のいい老婦人は、にこにこと笑いながら蒼唯をハグしてきた。まだそういう挨拶には慣れず、蒼唯は固くなってしまう。

「こ……こちらこそ。お会い出来るのを楽しみにしてました」

「ふふ。わたしのことは、美津子お祖母ちゃんと呼んでね。遠慮は嫌よ」

「は……はい」

美津子はとても嬉しそうだった。レイフォードは蒼唯との関係を包み隠さず話したというが、本当なのかと疑うような態度だ。

そんな蒼唯の思いを察したかのように、美津子はあっけらかんと言った。

「静恵さんにはまだ打ち明けていなかったのね。ごめんなさい。うっかりしゃべってしまったわ」

「はい？」

「あなたたちが、ステディな関係だという話」

蒼唯は息を呑《の》み、恐る恐る静恵を見た。と同時に、先ほどからの彼女の様子に納得した。だからあんな顔をしていたのだ。

蒼唯の出生に関しては当然話してある。憧れの美津子お嬢さまと縁続きになったことも含め、彼女は恐縮しつつも喜んでいた。ジョージの身元がわかったことにも安堵《あんど》したのだろう。

「あの……黙っててごめん。そういうことに、なったから……」

「驚いたけど……でも、ちょっとそうなのかしら、とは思ってたから」

「可愛らしい子で、嬉しいわ。お菓子もとても美味《おい》しかった」

「あ……ありがとうございます。えっと、サンルームへどうぞ。お茶とお菓子をお持ちします。お祖母ちゃんもまだ大丈夫だよね？」

「え、ええ」

二人をサンルームへと案内する係はレイフォードに譲り、蒼唯はお茶の用意をした。そのうちに戻って来たレイフォードが、意味ありげに笑いながら軽くウィンクをする。

「言っただろう？　いろいろと素っ飛ばすって」

「……確かに」

タイミングを見て、と思っているうちに今日まで来てしまったのだ。どう切り出すかずっと悩んでいた蒼唯にとって、かえって良かったとも言えた。

静恵は戸惑ってこそいたが悪い感情を抱いてはいないようだった。美津子が認めていることも大きいのだろう。

「肩の荷が下りた？」

「うん。いろいろ……また楽になったかも」

「良かった。これで溜《た》め息の数が減るね」

リップ音を立ててこめかみにキスをされ、蒼唯は照れながら下を向く。そうしてレイフォードの胸に、そっと寄りかかってみた。

あとがき

宿場町っていいですよね。とても好きです。昔の風情が色濃く残っていると、なおいいです。いや、保存は大変なんでしょうけど。

というわけで、マイナーな元宿場町を舞台にしたお話でした。言うまでもないことだと思いますが架空の町です。なんとなくのモデルはありますけども。

数年後の霧里は賑わっている予定なのでご安心ください。蒼唯もちゃんとあるところへと就職しますし。もちろん調理の仕事です。

今回は宿場町とか温泉旅館（鉱泉だけど）とか洋館とか、好きなもの詰め込んだ感がありますね。それと、自分が某シェイクスピア作品を読んだときの心の叫び「ジョージとアン何人出てくるんだ！」もちょっぴり含みます。今回はアン関係ないですけども……あ、レイフォードのお母さんがアンだったりするのかもしれません（笑）。

ところで、一時期クラシックホテルに泊まるのを趣味みたいにしていた時期があって、あちこち行っておりました。でも行ききらないうちにフットワークが悪くなってしまって、コンプリ出来ずにいます。

旅行したいですねぇ。宿場町なら大内宿とか行ってみたくて仕方ないです。温泉も宿場も関係ないですけど、高千穂峡も以前から興味大。いろいろと落ち着いたら行ってみようと思います。

亀井先生、素晴らしいイラストをありがとうございました！　蒼唯は綺麗可愛いし、レイフォードはノーブルで美しくて、とても嬉しいです。茜音も彼女らしいパワフルさと可愛さが素敵です。本当にありがとうございました。

そしてここまで読んでくださってありがとうございました。
次回またどこかでお会いできましたら幸いです。

きたざわ尋子

✦初出　王子様と臆病なドルチェ……………書き下ろし
ドルチェは容赦なく愛される………書き下ろし

きたざわ尋子先生、亀井高秀先生へのお便り、本作品に関するご意見、ご感想などは
〒151-0051 東京都渋谷区千駄ヶ谷 4-9-7
幻冬舎コミックス　ルチル文庫「王子様と臆病なドルチェ」係まで。

幻冬舎ルチル文庫

王子様と臆病なドルチェ

2020年11月20日　第1刷発行

✦著者	きたざわ尋子　きたざわ じんこ
✦発行人	石原正康
✦発行元	株式会社 幻冬舎コミックス 〒151-0051 東京都渋谷区千駄ヶ谷 4-9-7 電話 03(5411)6431［編集］
✦発売元	株式会社 幻冬舎 〒151-0051 東京都渋谷区千駄ヶ谷 4-9-7 電話 03(5411)6222［営業］ 振替 00120-8-767643
✦印刷・製本所	中央精版印刷株式会社

✦検印廃止

ISBN978-4-344-84764-4　C0193　Printed in Japan